AF399462

IMPREDICTOR

JAVIER COSTILLO

Impresión y editorial: BoD – Books on Demand
info@bod.com.es - www.bod.com.es
Impreso en Alemania – Printed in Germany

ISBN: 978-8-4117-4774-5

ÍNDICE

PRÓLOGO

Para aquellos que no me conozcáis, mi nombre es Gregory McCoy y, con mi puño y tinta, dejo escrita la historia de cómo sobreviví a mi peor pesadilla. Algo que, desde luego, ni a tu peor enemigo se lo irías a desear. Mil novecientos ochenta y dos, el año en el que remontan los hechos. Habíamos terminado décimo y, como tradición en mi colegio, todos los años en fin de curso, mis compañeros y yo solíamos realizar una excursión.

Los más románticos pensaron en París; otros cuantos pensaron en Quebec, destino más asequible económicamente. Y a alguno que otro se le ocurrieron destinos más raros e inusuales, tales como Paraguay. Pero no tengo ni idea de a quién se le ocurrió que tras una votación nuestro viaje de fin de curso consistiría en un crucero por el océano Pacífico, por las islas de Micronesia

Por tanto, así fue como iniciamos nuestro viaje, que supuestamente iba a durar dos semanas. Tiempo suficiente para sufrir todo tipo de horrores tan equiparables como arder en el fuego eterno.

Personalmente, los tres primeros días que pasamos en aquel yate no estuvieron nada mal, me atrevería a decir que los mejores de mi vida de haber venido nuestro profesor. Fue una pena, pero sí, él no pudo estar ahí para acompañarnos, aunque ahora se lo agradezco.

Pese a ello, el capitán y el personal del yate en general fueron unas bellísimas personas. Hay que admitir que se portaron muy bien con nosotros, reservando el barco exclusivamente para la clase. Los cocineros tampoco nos desagradaron nada, hacían unas comidas maravillosas. Aunque yo no hubiese votado ese destino, era imposible no sentirme como en casa. Nadie esperaba que las cosas fueran a cambiar tras la noche del tercer día, la cual, después de tanto tiempo tranquilos, una gran tormenta azotaría la mar.

Pronto la lluvia se volvía tan, pero tan fuerte, que el ruido no nos dejaba dormir. En esa época, como la mayoría de nosotros apenas contábamos con dieciséis años de edad, ¿qué podíais esperar? Nos dirigimos todos alborotados a avisar al capitán del barco. Pero esta vez, por desgracia, no quiso dar importancia al asunto; es más, aseguró la puerta de su habitación para que no le molestásemos y continuó durmiendo. Nos pareció bastante raro de él, puesto que los días anteriores nos había tratado como sus hijos.

No mucho después, una gigantesca ola salpicó con tanta fuerza el barco que rompió algunos de los cristales de las ventanas; el calvario había comenzado. El mar se estaba poniendo cada vez más revuelto y las olas llegaban cada vez parecían tener una mayor magnitud.

El barco se tambaleaba constantemente y, sin pensarlo dos veces, a muchos de nosotros, yo mismo me incluyo entre ellos, se nos ocurrió salir a la terraza de este con el fin de agarrar el bote salvavidas. Pero allí, el viento soplaba con una fuerza tremenda, hasta tal punto de que a duras penas lográbamos mantenernos en pie. Cuando nos quisimos dar cuenta, había arrancado el salvavidas del lugar donde estaba asegurado.

Pero no fue hasta cinco minutos después cuando, inesperadamente, un rayo cayó sobre la cubierta del barco, provocando que rápidamente se incendiara. Pronto pudimos presenciar con nuestros propios ojos cómo comenzaba a hundirse. Muchos de nuestros compañeros se resbalaban y caían al agua, mientras otros directamente saltaban con el fin de llegar hasta un sitio seguro. Pero lo peor de todo es que nadie de los que estábamos allí podría hacer nada por ayudarnos.

Justo en ese momento, tropecé y me hice una brecha al golpearme en la frente con una pared del barco. No paraba de sangrar y, casi al mismo tiempo, sin que yo pudiera reaccionar apenas, el viento me golpeó por la espalda y provocó que chocara con fuerza contra una baranda del barco. Me llevé un golpe contundente en todo el abdomen hasta tal punto que sentí ganas de vomitar.

Así acabaría mi vida, al menos eso pensé. Pero allí estuvo ese chaval moreno, deportista, valiente y atrevido, que, aunque a veces llegara a ser un poco imbécil y cretino, estuvo dispuesto a salvarme la vida. Él me agarró de la mano y juntos saltamos al agua.

Prácticamente derrotado, estaba a punto de perderme para siempre en el fondo del océano, pero él, lejos de permitir que me hundiera, me echó sobre sus hombros e hizo lo imposible por seguir nadando hacia adelante. Ese muchacho estuvo dispuesto a sacrificar la poca energía que le quedaba por mí y ahora, todas las noches, cada vez que rezo, me acuerdo de él. Estoy hablando de Marcus, el que hace tiempo fue mi mejor amigo, como un hermano para mí.

DÍA 1

¿Dónde me encontraba? ¿Qué había acontecido la noche anterior? No tenía la más remota idea. Solo sé que pude sobrevivir para contarlo.

—¡Ya se despierta! —escuché a alguien hablar.

—¿M…? ¿Marcus? —contesté al tiempo que abría los ojos, sin haber olvidado su inconfundible tono de voz.

—¡Levántate, anda! —me dijo entonces, al tiempo que me agarró de la mano y me ayudó a ponerme de pie.

Entonces me puse de pie y, cuando me quise dar cuenta, noté que tenía puesta una venda de hojas en la frente donde me había golpeado la noche anterior. Una herida de la cual, a día de hoy, tengo la cicatriz presente. Así como también, tenía la ropa prácticamente destrozada.

Acto seguido, al observar a mi amigo, noté que este apenas llevaba puesto el bañador. Pues bien, no tardé en darme cuenta de que nos encontrábamos en una hermosa playa paradisiaca de arenas blancas y aguas cristalinas rodeada en su totalidad por un inmenso bosque tropical.

Me había salvado. Justo en ese momento, supe que estábamos bien, al menos eso quería pensar.

—¡A trabajar, gusano! —me gritó a la vez que me asestaba una colleja en el cogote, alguien que, durante muchos años, era considerado por muchos como uno de nuestros mayores miedos.

Se trataba de George, un repetidor de tres años mayor que el resto. Un muchacho tiránico, agresivo y que nunca toleraba que nadie le llevara la contraria. En un lugar al margen de la ley, como la isla donde habíamos acabado, se había convertido indudablemente en el líder de los supervivientes.

A causa de su golpe, estuve a punto de caer mareado al suelo cuando entonces alguien me agarró por el brazo para evitar que me golpeara.

—¿Estás bien? —preguntaba con su dulce voz.

Era una hermosa rubia de ojos azules, la princesa con la que tantos años soñé. Gran amiga y gran persona con la que se podía hablar prácticamente de todo. Dulce y cariñosa, y siempre ahí para ayudar a los demás en los momentos más complicados. De ella no se me ocurría nada más que contar maravillas. Lina, dulce Lina, así se llamaba la que fue mi fantasía durante la adolescencia.

Pero luego de ayudarme a levantar del suelo, tuve que soportar cómo Marcus se acercaba a ella para darle un beso en la boca. Sí, yo soñaba con ella todas las noches, pero tristemente era la novia de mi mejor amigo, quienes llevaban juntos desde los trece años y no pareciera que su amor fuera a terminar. A callar y a aguantar, otra cosa no se podía hacer. Admiraba a los dos, pero tengo que admitir que verlos juntos de nunca lo había llevado nada bien.

También, entre los supervivientes, se encontraba mi primo Dylan, un niño pijo y engreído, el cual siempre quería ir de guay, pero a decir verdad era de los más pringados que uno se podía encontrar en el instituto. Desde mil apodos hasta dejarlo encerrado en los vestuarios, a ese desgraciado le hicieron de todo. Siendo sinceros, en el momento que lo vi, me hubiera gustado que se quedara en agua. Nunca tuve muy buena relación con él y sé que él también me habría deseado lo mismo.

Otro de ellos era Anderson, el mejor amigo de mi primo y quizás de los pocos verdaderos que tuviera, y tampoco sé ni cómo lo soportaba porque a menudo se burlaba de él. Se trataba de un chico con un cierto grado de retraso mental. En mi clase lo solíamos llamar el tonto, aunque, personalmente, de tonto, yo creo que no tenía tanto como decían. Me atrevería a decir que podría aportar mucho más al grupo de no ser tan subestimado.

Para decir verdad, todas estas personas que he nombrado, unas más, otras menos, en algún momento de lo que duró este calvario, he necesitado de ellas para sobrevivir.

Otra persona más que me dijeron que había llegado sana y salva a la isla fue una tal Rachel, la prima de Lina y una de las tantas exnovias que tuvo George que, si te digo la verdad, nunca entendí cómo lo podían aguantar. Sería un tipo desagradable y castigador, pero sin duda el más mujeriego de la clase.

A esta última no la llegué a ver, ya que, según me contaron, poco antes de que me despertara, ella, desobedeciendo las órdenes de George, se había adentrado en la isla con el fin de explorarla para, no sé, supongo que buscar algo de comida. No la conocía muy bien, ya que rara vez solía hablar con ella, pero, de lo poco que sé, tenía un espíritu valiente, rebelde y aventurero, así que ya me podía hacer una idea de lo que se le habría ocurrido.

El caso es que, al cabo de unos minutos, ya cuando estaba más o menos recuperado, el tan temido matón del recreo nos hizo reunirnos a todos en un círculo.

—Bien, como ya sabéis, necesitamos tres cosas fundamentales para sobrevivir —indicó—. Para lo que nos vamos a dividir en dos grupos.

—Yo tengo una pregunta: si son tres cosas, ¿por qué nos dividimos en grupos de dos? —preguntó Anderson interrumpiéndole sin dar previo aviso.

—¡Pues porque lo digo yo y punto! —le contestó de mala manera.

Ante tal contestación, no tardó nada en encogerse de hombros. George daba mucho miedo, pero, en una situación como esa, tal vez fuera el único que podría salvarnos la vida. Pues bien, aunque fuese el matón del instituto, era un gran amante de la pesca y la caza, además de ser aficionado a los programas de supervivencia, esos que salían en la televisión. ¿Matón y amante de la supervivencia? Sí, tal vez llegara a parecer raro; yo creo que ni él mismo lo podía entender.

Volviendo a aquel instante, según sus indicaciones, Lina, Marcus y él se encargarían de explorar la isla en busca de materiales para construir un refugio, así como, también, algo de comida.

En cuanto a mi primo, a Anderson y a mí, a quienes él consideraba como los más inútiles, nos mandó a quedarnos por la playa y que nos encargásemos de tener el fuego preparado para cuando regresaran.

—Bien, ahora ya sabéis qué hacer cada uno —aclaró—. ¡Más os vale tener el fuego hecho si no queréis problemas! —dijo, mirando de mala manera a mi primo, al tiempo que se adentraba junto a los otros dos en el interior de la isla.

Este, muy enfadado, lo primero que hizo nada más irse George fue dar una colleja a Anderson.

—¡De verdad, es que no se puede ser más tonto! —le gritó.

—Te lo juro, yo solo quería ayudar —contestó.

—¿Ayudar? ¡Tal vez si no le hubieras interrumpido…!

—Ya está bueno, ¿no? —intervine yo entonces, tratando de apaciguar la situación—. Vale que Anderson haya metido la pata, pero no creo que sea el mejor momento para pelear entre nosotros.

—Yo creo que Gregory tiene razón —saltó entonces.

Pero mi primo, tan cebado por el orgullo como de costumbre, dio una patada a la arena y se dirigió hacia el interior del bosque de la isla.

—¡¿Qué haces, imbécil?! —le grité.

Salí detrás de él; de ninguna manera me iba a quedar solo a cargo de todo. Y Anderson, como ya me temía, me siguió detrás.

—¿Y a dónde se supone que vamos? —me preguntó este otro al cabo de unos metros andados.

—¡Y yo qué sé! —contesté de mala manera—. ¡Tú! ¡Desgraciado! ¿Se puede saber qué estás haciendo? —grité seguidamente a mi primo.

Pero lejos de responderme, siguió caminando varios metros más hasta llegar a una enorme roca. Allí se subió para sentarse, dándonos la espalda. Al menos hasta cuando vio que

Anderson y yo estábamos a pocos metros de él. En ese instante se bajó, dispuesto a seguir aún más lejos, con tal de que le perdiésemos la pista.

—¡Eso! ¡Tú a seguir huyendo como un cobarde! ¿Es así como resuelves los problemas? —insistí.

Pero ya en esta ocasión, ante semejante comentario, mi primo se acabó dando la vuelta y caminando hacia mí de mala manera con una mirada desafiante.

—Mira, primo, ¡me tienes ya hasta los…! —me gritó al tiempo que me empujaba.

—¿Tú a mí qué me vas a hacer, eh? —contesté, devolviéndole el empujón.

Acto seguido, mi primo intentó darme un puñetazo cuando entonces yo agarré su brazo para detenerle, mientras que Anderson se quedaba mirando como si estuviera viendo la televisión. De no ser porque escuchamos una voz que no parecía venir de muy lejos del lugar donde nos encontrábamos, yo creo que nos hubiéramos matado entre nosotros, sin llegar a dudas. Unos segundos después escuchamos como una pedrada lanzada hacia un árbol.

—¡Le he dado! —oímos gritar a George.

Temblando de miedo, al andar un poco hacia adelante, nos lo encontramos recogiendo del suelo lo que venía siendo, según me dijo Anderson, que era muy friki de las cosas raras, un zorro volador del sudeste asiático. Me dijo el nombre en latín, pero ya ni me acuerdo de eso; el bicho era como un murciélago gigante vaya. Según nos hacíamos a una idea, el mismo George lo había abatido de una pedrada.

En cuanto a Lina y Marcus, pues parecían estar cargados con unas cuerdas, varias hojas de palmeras, tallos de madera y alguna que otra lata de metal. Ahora bien, ninguno de los dos parecía decir nada en absoluto.

—¡Ya podemos volver a la playa! —instó entonces con su imponente voz.

Pronto, observamos cómo los tres, cargados con todo el material, caminaban hacia donde nos encontrábamos nosotros. Muy asustados, tratamos de volver al sitio lo antes posible. Si George se enterase de que le habíamos desobedecido, no te imaginas la que nos podía caer encima.

A la desesperada, llegamos hasta la playa, yo con varias ramas secas y mi primo con dos piedras redondas. Todo ese material lo habíamos recogido sobre la marcha por el camino.

No me lo podía creer, y sé que Anderson y mi primo tampoco. No era capaz de entender cómo lo hice, pero lo había conseguido y, ya con eso, sabíamos que George no nos iba a pegar. Pero apenas unos segundos más, aún sorprendido por lo que acababa de hacer, traté de agacharme cuando entonces mi primo me empujó para que me apartara.

—¡A ver, quita! ¡No vaya a ser que…!

—¿Dylan? ¡No jodas! ¿Fuiste capaz? —dijo entonces George al verlo a él justo al lado del fuego.

—Sí… Bueno… —Trataba de decir algo nervioso, era evidente que no era verdad.
—¡Enhorabuena!

Y poco más que añadir, ya cuando los tres habían regresado, según nos informaron, habían encontrado basura en la playa del otro lado de la isla, de allí pudieron recoger un recipiente de metal, el cual, sería muy útil para almacenar el agua. Así como también, cuerdas de plástico y alguna que otra red de pesca. También proporcionaron cañas de bambú, una especie de cuchilla de metal afilada y varias hojas de palmera.

Al tiempo que Lina se encargaba de recoger agua del mar para hervirla y Marcus despellejaba a aquel bicho con sus propias manos para después cocinarlo, a Anderson y a mí nos tocó el trabajo de construir el refugio, el más cansino de todos.

Con poco material y sin tener idea de nada, cavamos hoyos para clavar el bambú en la arena, a los cuales, le poníamos hojas de palmera encima, que atábamos con las cuerdas y redes para que no se cayeran. Otras cuantas hojas dejábamos debajo de aquel techo, para usarlas como colchón.

No nos llevó mucho tiempo darnos cuenta de que el material aportado no resultaba ser suficiente para un refugio de seis personas, por lo que, con la cuchilla en la mano, me dirigí hacia la vegetación próxima a la playa para cortar unos cuantos tallos y hojas.

—¡Vamos, hombre! ¡Que no valéis para nada ninguno de los dos! —nos gritaba George metiéndonos prisa para que acabásemos rápido.

Tengo que admitir que, pese a la supuesta discapacidad de Anderson, se las supo ingeniar bien para la construcción del refugio. Tenía bastante más energía que yo y, gracias a ello, logramos realizarlo antes de que el sol se pusiese.

En cuanto a mi primo Dylan, ¿a que no sabéis qué hizo durante todo ese tiempo? ¡Absolutamente nada! Sin más, George le dijo que podía descansar tranquilo y ambos se sentaron a conversar frente al fuego.

Estaba actuando de forma generosa con él, algo que rara vez solía hacer con los demás, pues era un tipo de carácter sumamente desagradecido. Sin embargo, lo más humillante de todo fue el hecho de sentir cómo mi primo era premiado por algo que había sido un logro mío. Durante ese día y los primeros en la isla, tal vez no hubiese otra cosa que me sentara peor.

Se me había faltado el respeto, menospreciado, humillado, pisoteado la dignidad… Pero nada, como si no hubiese pasado nada. Ya después de tener agua hervida, un refugio montado y que la carne estuviera lista para comer; pues no más, todos nos reunimos alrededor de la hoguera, ¡tan amigos! Justo en ese entonces, George, como era de costumbre, se puso a hacer comparaciones entre nosotros, todo con el fin de humillar y hacer sentir miserables al resto. En este caso, restregándonos el "éxito" de mi primo.

—¡Este sí que es un hombre como Dios manda! ¡Aprended de él, panda de vagos! —saltó—. Fíjate que yo no me esperaba que nos fuera a servir de mucho, ¡y mirad de lo que ha sido capaz!

—¡Qué valor! —contesté yo en voz baja, con muy mala cara.

—Gracias… Gracias… De verdad —decía mi primo algo nervioso.

No tienes ni idea del mal sabor de boca que se me quedó aquella noche. Por si eso fuera poco, George se puso a comer como un loco y, a excepción de Dylan, no permitió que nadie más tocara la carne hasta que ambos quedaran llenos. Y lo mismo hizo con el agua.

Esa noche, quitando ellos dos, el resto nos quedamos con hambre y tuvimos que hervir más agua después de que ambos se fueran a dormir. Se me pasó por la cabeza apagar la hoguera en más de una ocasión; si no lo llegué a hacer, fue para no poner en peligro mi vida y la de los demás, básicamente.

DÍA II

El segundo día en la isla parecía todo tranquilo. Tiempo agradable, cielo despejado, pero de muy mala manera Georges nos despertó a base de gritos.

—¿Qué pasa ahora? —pregunté mientras trataba de ponerme en pie, aun somnoliento.

En ese preciso instante, la luz del sol me daba en toda la cara; no era muy difícil darse cuenta de que al refugio le faltaba el techo. Acto seguido, nada más ponerme de pie y observar alrededor, vi que la hoguera había sido apagada, el recipiente para meter agua perforado por debajo, y las hojas, los palos y las redes, destrozados y desparramados a nuestro alrededor. Enseguida entendí por qué George se encontraba de tan mal humor.

—Más vale que el culpable aparezca ahora o voy a tener que tomar riendas en el asunto —instó con un tono amenazante.

—De verdad, el que haya sido, ¡no tiene ninguna gracia la broma! —exclamó Marcus al tiempo en que fijaba su mirada en mí.

—¿Y ahora por qué me miras? —pregunté.

—Pues, hombre, no me digas que no estabas celoso de tu primo.

—¿Celoso? ¡¿De qué?!

—Macho, que soy tu mejor amigo y te quiero un montón, pero tío, reconócelo, no soportas el hecho de que tu primo haya logrado hacer fuego. Se te notó la mala cara que pusiste en la cena.

—¡Eso es verdad! —saltó Dylan vacilándome.

—¡Tú mejor no me hagas hablar! —le contesté de muy mala manera.

—En cualquier caso, ¡al que haya sido le juro que…! —trató de decir George, también mirando hacia mí.

—¡La que tenéis ahora conmigo! ¡Joder! ¿Y luego a Anderson no le decís nada?

—Anderson es retrasado, pero no tiene malicia ninguna. No creo que él haya sido capaz de hacer eso.

—En cualquier caso, yo creo que deberíamos dejar de discutir y buscar soluciones —sugirió entonces Lina para intervenir en la conversación.

Y, gracias a ella, el resto dejó de tomarla conmigo; menos mal en verdad. Entonces, George, ya algo más calmado, propuso una serie de tareas para llevar a cabo ese día.

—Dylan, tú quédate haciendo fuego, el resto venid conmigo a la basura. Anderson, quédate con él.

—Vale, pues perfecto —contestó este último a la vez que mi primo comenzaba a ponerse nervioso.

—¡Vamos! ¡Que hay mucho trabajo que hacer! —ordenó George al resto.

—Oye, ¿y no podría hacer yo una pregunta más? —sugirió Lina.

—¡Si no vas a aportar nada, mejor guárdatela!

—Yo creo que es algo importante, Rachel todavía no ha aparecido —contestó Marcus, conociendo de antemano de lo que quería hablar su novia.

—¿Rachel? ¿En serio creéis que merece la pena gastar energía en ir a buscarla? —preguntó George de una manera arrogante.

—Macho, que estamos hablando de una vida humana.

—Nosotros también somos humanos, ¿vale? ¡Primero nosotros, y si nos queda energía, vamos por ella!

Y, sin atreverse nadie a contestar nada, los cuatro continuamos nuestro camino al tiempo que dejamos solos a ellos dos.

—¡Ánimo, Dylan! ¡Sé que lograrás hacer un buen fuego! —escuché decir a Anderson.

—Por favor, ¡quiero que me dejes tranquilo! ¡Yo asi no puedo trabajar! —contestaba mi primo con muy mal genio.

—Como usted desee maestro.

—¡Eh! —oí que me llamaba entonces mi primo, y acto seguido me dirigí hacia él.

—¡¿Qué quieres ahora?! —pregunté de muy mala manera, aun sin habérseme pasado lo del otro día.

—Gregory… Primo…

—¡Ni primo ni leches! Ya sabes demás por qué estoy así.

—¡Vamos, hombre! Por el bien de todos…

—¿Por el bien de todos? ¿O de ti? ¿Por qué no les cuentas la verdad a todos?

—¿Qué verdad? —preguntó Anderson algo intrigado.

—Nada, Anderson, mejor date una vuelta por ahí.

—Vale —contestó al tiempo que se alejaba, dejándonos a los dos solos.

—Tú verás, si no haces el fuego, les diré a todos que fuiste tú quien provocaste los estragos de anoche —amenazó.

—¡Tú no tienes pruebas, y lo mío sí que se puede demostrar!

—George es más amigo de mí que de ti, a ver a quién le va a ir peor.

Tuve que darle lo que quería, estaba tan atemorizado que no me quedó otra opción. Ni cinco minutos tardé en hacer el fuego para que luego encima ni me diera las gracias por ello. Y por si eso fuera poco, apenas segundos después, alguien comenzó a acercarse hacia mí por detrás.

—¡¿Eres imbécil o qué?! ¡Te dije que vinieras con el resto! —gruñó George a la vez que me asestaba una colleja en todo el cogote.

—Te lo juro yo… —Traté de decir algo nervioso.

—¡Anda! Ya está listo el fuego, ¡qué guay! —decía entonces Anderson, al tiempo que se acercaba a la hoguera para calentarse.

—¡Aprende de tu primo! ¡Apenas nos damos la vuelta y ya tiene el fuego hecho! ¡Un hombre como Dios manda! No como tú, ¡pedazo de holgazán! —me gritó George—. ¡Vamos! —me dijo luego después, al tiempo que me agarraba por la nuca y nos adentrábamos en el bosque.

Durante no mucho más de media hora caminamos hasta, lo que venía siendo, una playa llena de redes de pesca, envases de plástico, entre otros muchos desechos que acaban en el mar por la incompetencia del ser humano. Olía bastante mal y no tenéis ni idea del asco que me daba estar allí.

Justo entonces, Lina sacó una botella de plástico que se encontraba cerca de playa, así como también, varias redes de pesca, las cuales las iba amontonando en la arena. Mientras, Marcus y George arrancaban cañas de bambú y hojas de las palmeras próximas a la playa con sus propias manos, esto debido a que la cuchilla del otro día había desaparecido. Y yo los observaba a todos, sin tener idea de cómo actuar.

—¡No te quedes ahí parado! ¡Ayuda algo! —exclamó ella.

No fue nada agradable su forma de dirigirse a mí, pero como estaba tan enamorado de ella, no fui capaz de decirle que no a la hora de ayudarle. Me puse a rebuscar en el agua. Misteriosamente, no sé ni cómo, encontré, lo que venía siendo, como los restos de un ventilador. Parecía estar casi entero, no tenía ni idea de cómo podría haber acabado allí.

—¡No lo tires! ¡Tráelo para acá! —me dijo entonces George, quien, por lo que vi, nada más dárselo, lo destrozó a base de golpes con una piedra, todo con el fin de extraer sus aspas para utilizarlas como si fuesen cuchillos. —¡Por una vez haces algo bien! —contestó justo después para felicitarme.

Estuvimos luego otro rato más allí con la basura hasta que, ya por fin, George consideró que teníamos recursos suficientes como para volver. Íbamos todos cargados hasta las trancas, menos él, por supuesto, él si acaso llevaría solo las aspas del ventilador y no creo que mucho más.

Pero cuando quisimos regresar a nuestro punto de partida, presenciamos algo que nos dejó impactados a más de uno. Anderson y mi primo habían sido los primeros en verlo. Según nos contaron, llevaba ya un rato allí varado.

Se trataba del cuerpo sin vida de Josh, uno de mis grandes amigos de la infancia, con el que tantas tardes habíamos pasado juntos jugando a la Nintendo o con quien solía pasar buenos momentos en los campamentos de verano. En algunas ocasiones, me atrevería a decir que se portó conmigo incluso mucho mejor que Marcus. Según se pudo ver, tuvo que haber muerto ahogado durante el naufragio del crucero, como seguramente todos nuestros otros compañeros que fueron a la excursión.

A todos nos caía bastante bien y no pudimos evitar quedar conmocionados por el hecho de saber que los ojos de aquel muchacho que conocíamos desde los tres años de edad se habían apagado para el resto de la eternidad. Nos quedamos en silencio por unos segundos, hasta que, como es de esperar, tuvo que hablar George.

—¡Pues ya tenemos comida como para dos días! —dijo con tanta frialdad.

—Pero George, ¿pretendes…? —trataba de decir Lina, aun con el susto.

—Está muerto y ya no podemos hacer nada por él, su carne puede ser un recurso muy valioso.

Luego de eso, con una de las aspas del ventilador, George comenzó a abrir el cadáver por el abdomen. Acto seguido, se puso a extraer órganos internos tales como el estómago, el hígado, los intestinos, entre varios otros. Los tiraba uno a uno sobre la arena, como si de un cerdo en el matadero se tratase. Luego de eso, cortó varias fibras internas, las empaló en uno de los palos y se puso a asarlas en la hoguera.

Parecía mentira, vale que fuera un tipo frío e insensible, pero de ahí a no importarle lo más mínimo la muerte de una persona, es más, alguien tan cercano a nosotros como era Josh…

—Vosotros veréis lo que hacéis, pero cuando acabe el descanso os vais a poner a trabajar —nos decía mientras asaba en la hoguera, lo que venía siendo, uno de los brazos de nuestro amigo.

Y el descanso, para decir verdad, tampoco fue mucho, y el tiempo que duró lo pasamos bien en shock, o bien llorando por nuestro amigo mientras observábamos de forma pasiva cómo George lo descuartizaba y se hartaba con su carne. Hasta mi primo se sintió conmocionado. Teníamos hambre, pero no, no comimos nada, no al menos en ese momento.

Como era de esperar, luego tuvimos que hacer las tareas prácticamente sin energía. Marcus, Anderson y yo nos encargamos de construir un nuevo refugio, siguiendo prácticamente el mismo procedimiento que el otro día.

—¡A ve! ¡Estate quieto, que no vales para nada! —exclamó este primero al tiempo que empujaba al segundo.

Si bien, yo no tenía ningún problema con él, debido a su enfermedad mental, Anderson solía caer mal a la mayoría de la clase. Y también porque, en esta ocasión, no aportó mucho a la construcción del refugio, y lo poco que hizo lo hizo mal, justo lo contrario al día anterior.

Lina, mientras tanto, tras recoger algo de agua en la botella de plástico que encontró, se puso a esparcir varias taramas a varios metros de la hoguera con el fin de prender otras dos más que formasen una línea recta. Las tres hogueras debían ser percibidas por los barcos desde millas de distancia. Todo esto se lo había indicado George, afirmando que el tres significaba una señal de emergencia.

Y, una vez más, mi primo sentado en el fuego sin hacer nada. Era tanta la hipocresía de nuestro líder que hasta le dio un abrazo para consolarlo después de quedar lleno. Menos mal que él siquiera ayudó a Lina, porque si no…

Más tarde, ecogimos unos cuantos cocos de las palmeras más próximas a la playa, los cuales tiramos al suelo a base de pedradas. Pero, poco más que decir, cuando nos quisimos dar cuenta, ya había llegado el atardecer.

Tuvimos eso para cenar, así que se podría decir que logramos medianamente saciar el hambre. Mientras nos bebíamos la leche de coco, George no dejaba de comer la carne de Josh como un zampabollos. No nos obligó a nada porque sabía que era difícil para nosotros, o tal vez lo hiciese por medio de mi primo, cualquiera sabe; aunque, de saber lo que me iba a pasar en los días posteriores, yo hubiera comido algo de carne también.

Y, para terminar este día, si bien pudimos cubrir nuestras necesidades básicas, esta vez las cosas se pusieron muchísimo peores.

—Como ya sabéis, la noche anterior pasaron ciertas cosas y, si por lo visto nadie de nosotros ha sido, tal vez pueda tratarse de un problema mucho mayor, es muy probable que no estemos solos en esta isla —afirmó George.

—Y si vive alguien más con nosotros, ¿crees que será bueno? —preguntó Anderson.

—¿Bueno? ¿Alguien que destruye nuestro refugio y apaga nuestro fuego? ¿En qué mundo vives tú? —saltó mi primo.

—En cualquier caso, alguien debe hacer guardia esta noche, de ninguna manera vamos a permitir que suceda lo mismo que en la noche anterior —instó George.

—¿Y mi prima Rachel, qué? —saltó entonces Lina—. ¡Llevamos ya dos días sin saber nada de ella! ¡Lo mismo le podría haber pasado algo!

—¿Ves? Tú misma lo has dicho, podría estar muerta.

—Y si está muerta es un gasto tonto de energía —añadió mi primo Dylan, y esto ya sí que no me lo esperaba de él.

—Pero, aunque sea solo por saber, ¡¿no pensáis hacer nada?! —insistió.

—¡Qué sí, pesada! ¡Que mañana vamos a buscarla! —contestó entonces George—. Pero que sepas que esta noche te toca hacer la guardia.

Y, sin rechistar siquiera, Lina se quedó allí en el fuego, al tiempo que el resto nos metíamos en el refugio. Pero, sin duda, lo que me dejó más impactado en ese día, lejos de la despreocupación por George ante la muerte de Josh o la desaparición de Rachel, fue el hecho de que mi primo interviniese en la última discusión con la frase de: *"Si está muerta es un gasto tonto de energía."*

Vale que mi primo fuese egoísta, aunque ahora, no sé, noté que se estaba volviendo más frío y calculador. Pero nada más que añadir, aquí termina mi segundo día; no voy a adelantar acontecimientos.

DÍA III

Después de dos días de calma y tranquilidad, había llegado uno de gris. El cielo se encontraba nublado, el viento soplaba ferozmente y el mar, si bien, no llegaba a tocarnos, era evidente que había subido, pues estaba mucho más cerca de nosotros. Esto, además de los continuos y fuertes oleajes.

Despertamos todos tiritando de frío, esta vez apenas amanecer, pues el refugio en el que tanto esfuerzo habíamos invertido el día anterior, de nuevo, fue derribado. Las hogueras estaban apagadas, el cadáver de Josh había desaparecido misteriosamente y tampoco se veían por ningún lado las aspas que usaba George para cortar la carne.

En cuanto a Lina, a la que le tocaba hacer guardia la noche anterior, se había quedado dormida en la arena. No pudo haber sido ella, pues bien, dudo que fuese capaz ella sola de haberse llevado el cadáver de Josh y de lo demás sin que nos hubiésemos dado cuenta antes. Pero lo que realmente no entendía bien es cómo descansar tan tranquila teniendo en cuenta el frío insoportable que hacía. George, al observar semejante panorama, no tardó demasiado en sufrir un ataque de ira.

—¡Lina! —le gritó.

Esta pronto se levantó, temblando de miedo y tratando de encogerse.

—Te lo juro, George, no sé qué me ha pasado, yo…

—¡Te dije que te quedaras haciendo guardia!

—De verdad, si me dejas hablar…

Pero antes de que tuviera tiempo de acabar la frase, este le asestó un fuerte puñetazo en toda la cara con el que la tiró al suelo. Marcus y yo no pudimos evitar sentirnos conmocionados. Acto seguido a eso, George, lejos de sentirse satisfecho, se dispuso a continuar golpeándola sin que esta tuviera tiempo para levantarse.

—¡Ya está bueno, ¿no? Yo creo que ya ha pagado lo que debía —dijo entonces mi amigo tratando de sujetarle.

—Es verdad, si te fijas bien, la madera tiene un corte muy limpio, pareciera un golpe de machete —añadió Anderson señalando los tallos de bambú.

—¡Lina nos ha puesto a todos en peligro! ¡Merece pagar su castigo! —exclamó entonces mi primo al tiempo que le daba a esta una patada en la espalda.

—¡Te vas a enterar, desgraciado! —le gritó Marcus

—¿Tú qué me vas a hacer, eh?—contestó de forma desafiante.

Acto seguido, Marcus se abalanzó sobre mi primo dispuesto a partirle la cara cuando entonces George intervino y lo aventó contra el tronco de una palmera. Casi al instante, recogió del suelo uno de los tallos de bambú para atizar con él a Lina.

—¡No volverás a evadirte de tus obligaciones! —gritó a la vez que le propinaba el primer golpe—. ¡Cerda asquerosa!

—¡Lina! ¡No! —gritaba Marcus levantándose del suelo, dispuesto a defender a su chica.

—¿Te quieres ir a la mierda de una vez?— contestó mi primo al tiempo que lo empujaba.

George enseguida intervino, golpeándose en reiteradas ocasiones con el palo a fin de apartarlo de Lina.

—¡Marcus! —gritaba ella desde el suelo malherida.

Acto seguido, mi primo la agarró por el pelo para arrastrarla y, luego después, le propinó varias patadas en la cabeza. George, tampoco se quedó corto y pronto continuó azotando a Lina sin que mi amigo, pese a intentarlo, no pudiera hacer nada para defenderla.

Y de Anderson y de mí mejor ni hablamos. Teníamos tanto miedo que no nos atrevíamos lo más mínimo a llevar la contraria a semejantes patanes. La paliza duraría algo más de diez minutos, hasta que comenzó a llover y ambos se metieron para el bosque a fin de cobijarse.

—¡Eh! ¿Dónde vais? ¡Esperad! —decía Anderson mientras les seguía detrás, como si se tratara de una oveja del rebaño.

Y yo me quedé atrás con Marcus y Lina, bastante preocupado por ambos. Este primero pronto logró levantarse aparentemente sin haber sufrido ninguna herida de gravedad. La peor parte, sin duda, se la había llevado su novia, quien, malherida, con el cuerpo lleno de moratones y arañazos, trataba de abrir los ojos.

—Lina, ¿estás bien? —trataba de decir yo mirándola.

—Lina, ¡no te mueras! — decía mi amigo al tiempo que se acercaba a ella llorando, la abrazaba y la besaba con cariño.

Ella le sonreía con las pocas fuerzas que le quedaban. Yo, en ese preciso instante, al ver cómo intercambiaban muestras de cariño, tuve la sensación de sobrar. Así que, lo más sensato que hice fue adentrarme en el bosque, tratando de seguir la pista a los otros tres. Ellos, creo yo, que debieron seguir detrás de mí algo más tarde.

Por un largo rato más estuvimos caminando, lentamente y tratando de refugiarnos de la lluvia bajo las copas de los árboles, sin rumbo alguno. Podría parecer ironía, pero la isla se nos hacía mucho más grande de lo que pensábamos.

—Dylan, ¡tienes que hacer fuego, pero ya! — exclamó George tiritando de frío al tiempo que mi primo se encontraba en el suelo tratando de coger ramas secas.

—Lo estoy intentando, pero… —contestaba nervioso tratando de justificarse.

—Oye, ¿y eso de ahí? —señaló entonces Anderson, lo que venía siendo, la cima de una pequeña colina.

—Tú haz el favor de dejar trabajar a Dylan —exclamó George dándole una colleja.

Pero mi primo y yo, intrigados, miramos hacia allí; parecía como una especie de agujero entre las unas rocas, rodeado por completo de vegetación.

—Yo creo que lo que igual deberíamos ir ahí, tiene pinta de ser una cueva —afirmó mi primo.

Y, una vez más, George acabó haciendo lo que él dijo. Efectivamente, era una cueva. Allí dentro nos metimos para pasar el resto del día. Al cabo de un rato más, Marcus llegó a dicho lugar cargado con Lina en brazos, la sentó sobre una de las paredes y, poco a poco, ella se iba recuperando.

—Lina, ¿ya estás mejor? —pregunté luego después, mientras mi amigo se encontraba junto a ella, curándole algunas heridas con un trozo de hoja.

—Tranquila, que ya pasó —le dijo él para consolarla.

Al mismo tiempo, mi primo trataba desesperadamente de hacer fuego mientras George y Anderson no le quitaban los ojos de encima; se notaba en su cara que no tenía la más remota idea de qué hacer.

—¡Apúrate, Dylan, que es para hoy! —exclamó este primero metiéndole prisa.

—Hago lo que puedo, ¡pero no es tan fácil! ¡Necesito mi espacio personal! —contestó bastante nervioso.

—Si estás más tranquilo, nos podemos dar la vuelta.

—¡Sí, mejor!

Después de lo que le había hecho a Lina, se me habían quitado por completo las ganas de ayudarle y seguir con la trola. Me estaba muriendo de frío y todos lo estábamos pasando mal, pero, ¿hasta qué punto iba a estar dispuesto a que se llevara alguien el mérito por un logro mío? Vamos, no tardó en darme una palmada en el hombro para que le hiciera su trabajo segundos después de que el resto le diera la espalda, pero esta vez no lo iría a hacer tan simple.

—¿A ver hasta cuándo vas a seguir así? —le susurré de mala manera.

—¿Quieres que cuente lo del otro día? —volvió a decirme con tal de chantajearme—. Acabarás muchísimo peor que Lina.

—¿Crees que los demás van a creer lo que dices? Ya se sabe demás que no ha sido ninguno de nosotros.

—Vale más que se lo crea nuestro líder.

No sé ni cómo fue, pero una vez más volví a ceder ante su chantaje. Hice su trabajo y, de nuevo, George le volvió a aplaudir y nos hizo sentir miserables al resto. Ya no reconocía a mi primo, ahora podía ver cómo, después de que hubiera sido tratado como un pringado durante toda la escuela, se había convertido en un matón tan cruel y despiadado como George. ¡O peor incluso! Me atrevería a decir que era capaz de hacer con este lo que le diera la real gana, al menos daba esa sensación. Acababa de perder a mi primo.

Volviendo al tema de la supervivencia, sí, ya teníamos un refugio natural, y estábamos todos muy calentitos. También, habíamos podido beber el agua que había quedado en las hojas de los árboles tras la lluvia. Pero todavía nos quedaba una necesidad más por cubrir: la comida. Habían pasado no sé cuántas horas y el clima no parecía mejorar nada. Fue entonces cuando mi primo, teniendo en cuenta las condiciones del entorno, sugirió que Anderson se encargara de salir a buscar la comida.

—¿Anderson? ¿En serio? —preguntaba George, dudando por completo de él.

—Es subnormal y no está el tiempo para arriesgar demasiado, así si perdemos será poco —aseguró.

—¿Sabes qué? ¡Tienes razón! Anderson, ¡ve por comida!

—¡Entendido! —contestó él sin darse cuenta de la falta de respeto que le había hecho mi primo.

No os voy a mentir, ninguno de nosotros teníamos ganas de salir de la cueva y Anderson, al ser el más inocente de todos, acabó sacrificándose por el resto sin ser consciente de ello. Esto, además de haber sido tratado como un ser inferior por sus capacidades.

En cuanto al tema de Rachel, no se mencionó en ningún momento de ese día. Después de la paliza que Lina había recibido, ni se atrevía a rechistar. Pero, ya después de dos días sin aparecer, es innegable que se trataba de un problema bastante serio. No fue hasta el cabo de un rato cuando, entonces, Anderson regresó con una hoja llena de lombrices al tiempo que gritaba asustado.

—¡Pues ya tenemos comida! —afirmó George al tiempo que le quitaba la hoja.

Anderson, en ese momento, dejó de gritar y se sentó junto al fuego con los demás, pero era evidente que había tenido que ver algo realmente aterrador.

—¿Tío? De verdad, ¿en serio vamos a tener que comer esto? —preguntó mi primo con cara de asco.

—Las lombrices son ricas en proteínas —contestó George al tiempo que agarraba las dos más largas y se las metía en la boca.

Con mucho asco, el resto nos fuimos comiendo las lombrices; cupimos a dos por cabeza. No fue nada agradable para decir verdad, pero, después de todo lo que habíamos pasado, tampoco nos afectó demasiado; mejor eso a no haber comido nada en todo el día.

Ya al cabo de un rato de la comida, al observar que Anderson seguía con su cara de asustado, me dispuse a sentarme junto a él.

—¿Te pasa algo? —le pregunté.

—Vi restos humanos —contestó con una voz lenta, pausada y silenciosa.

Y, justo después, se quedó dormido, algo más tranquilo, como si se hubiera desahogado, pero sin entrar en detalles de nada. Aunque ya solo con tal contestación, era más que evidente que lo que había visto no resultaba nada agradable.

¿Había alguien más en la isla? No me extrañaría en absoluto. Los refugios y todos nuestros recursos se habían echado a perder y nadie del grupo había sido el culpable, ¿qué otra cosa podría pensar? Podría tratarse del cadáver de Josh o, mucho peor aún, tal vez aquel hallazgo significase una clave para resolver el misterio de la desaparición de Rachel.

Además, si tenemos en cuenta los tipos de corte que tenía la madera después de que nuestro refugio hubiese sido destruido, pues la magnitud del problema parecía hacerse aún mayor. Un corte tan limpio y recto no podría haberse realizado con una simple cuchilla, ni con un aspa de ventilador, por muy afiladas que estuviesen.

Pero claro, George no parecía darle importancia al tema y, ya con lo tarde que era sumado al mal clima, dudo mucho que nos permitiese salir de la cueva. Así que, cebado por la intriga, tomé la decisión de prestarme voluntario para hacer la guardia de esa noche. De este modo, aproveché cuando el resto quedaron completamente dormidos para armarme con una antorcha y salir a explorar el bosque.

Lenta y cuidadosamente, bajé la colina donde se encontraba la cueva y fui caminando por un llano hasta llegar a, lo que venía siendo, otra colina, algo más pequeña y no muy lejos de allí. Había dejado de llover y, pese a que siguiera haciendo frío, la noche era tranquila y silenciosa. En el tiempo que duró la subida, no pude presenciar otro sonido más que las olas del mar.

Una vez llegué a la cima, allí estaba, al pie del grueso tronco de un árbol, un puñado de desechos humanos, todavía en proceso de descomposición con un terrible hedor. Y, justo cuando me detuve, escuché unos pasos venir desde detrás. Asustado, de forma brusca y repentina, me di la vuelta y apunté con mi antorcha. Enseguida supe quién era y parecía estar bastante más recuperada.

—¿Lina? ¿Qué haces aquí? —pregunté sorprendido.

—¿Y tú qué? Has desobedecido a George y no creo que se lo vaya a tomar nada bien cuando se entere —contestó.

—Por favor, ¡prométeme que no vas a decir nada!

—No lo haré, pero tú tampoco digas nada de lo mío.

—Yo jamás haría algo así, pero, ¿tú por qué saliste de la cueva?

—¿Tú qué crees? Mi prima lleva tres días desaparecida y nadie ha movido un dedo por ir a buscarla.

—No sé si es buena idea investigar.

—¿Cómo que no? ¡¿Por qué?! —exclamó ella algo alterada.

—A ver, no creo que gritar…

—¡Quita! —me dijo al tiempo que pasaba por delante de mí y alumbraba con su antorcha hacia el árbol.

No tardó ni medio segundo en quedarse en estado de shock, pues bien, ella se dio cuenta de un detalle que para mí había pasado completamente desapercibido. Cuando me quise acercar a Lina con tal de abrazarla, señaló hacia un colgante de piedras cristalinas color púrpura; se trataba del mismo que su prima había estado llevando durante la excursión.

—Por favor, dime qué no está pasando. ¡Por favor! —exclamaba incapaz de contener el desaliento.

Sin otra cosa más que hacer, la abracé y le di varios besos en la mejilla y ella pareció sentirse algo mejor con ese gesto.

—De verdad, Greg, a veces no entiendo cómo eres tan bueno conmigo —me contestó.

—¿Por qué será? —se oyó decir a una voz detrás de nosotros.

Bruscamente, ambos nos dimos la vuelta y, en esta ocasión, cuando quisimos alumbrar con las antorchas, notamos cómo se escuchaban movimientos desde el interior de un arbusto, pero no pudimos ver nada.

—¡¿Quién eres tú?! ¡Manifiéstate! —grité al tiempo que me acercaba.

Pero cuando llegué a mirar, no había nadie en el interior del arbusto. En ese mismo instante, escuché sonidos provenientes de detrás de mí. Pronto me di la vuelta cuando entonces:

—¡Cuidado, Greg! —saltó Lina al tiempo que se abalanzaba sobre mí para tirarme al suelo.

Entonces, observé que había caído un enorme machete muy cerca de mi cabeza. Pero, antes de que tuviera tiempo a reaccionar, notamos cómo alguien parecía haber saltado desde la copa un árbol, a varios metros detrás de nosotros.

Sin apenas mirar, ambos nos levantamos para echarnos a correr. Aquello, a lo que todavía no habíamos podido ver como tal, escuchamos cómo nos estuvo persiguiendo prácticamente durante todo el camino hasta llegar a la cueva.

Ese momento resultó tremendamente aterrador, aunque, para decir verdad, el hecho de encontrarme a solas con Lina esa noche resultó ser mi mayor alegría de la isla, al menos desde el tiempo que llevábamos atrapados hasta ese entonces. Hacía mucho que no vivía un momento así. Pero ahora, ambos éramos conscientes de que la isla estaba habitada por un temible asesino con el que teníamos que convivir. No obstante, por miedo a las posibles represalias de George y Dylan ante tal acto de desobediencia, hicimos un juramento para mantenerlo en secreto durante los próximos días. Nadie, salvo nosotros, sabría nunca que habíamos salido esa noche de la cueva; gran error.

DÍA IV

Había algo en la isla, ese algo había asesinado a Rachel y estuvo muy cerca de acabar con Lina y conmigo. Pese a ello, nadie sabía nada, nadie más que ella y yo. A diferencia de los días anteriores, el fuego permaneció encendido y ninguno de los recursos de los que disponíamos había sido robado o destrozado.

—¡Enhorabuena, Greg! Tengo que admitir que has hecho muy bien tu trabajo, ¡ojalá estuvieras así todos los días! —me felicitó George dándome una palmada en la espalda. Para decir verdad, creo que esa fue una de las pocas veces que fue amable conmigo—. Puedes dormir tranquilo —me dijo luego después.

Como estaba cansado, caí rendido sin apenas resistencia alguna. Pasé varias horas durmiendo hasta que, entonces, Lina me despertó. Tal vez quisiera quedarse conmigo por el secreto que teníamos guardado o tal vez porque aún no estaba del todo recuperada de las heridas; aun con eso, lo que me contó después no es que fuera nada agradable de escuchar.

—Entre muchas cosas que van a hacer han dicho que van a ir a buscar a mi prima —me contó.

—¡¿Y tenía que ser hoy?!

—No he querido decir nada, bastantes problemas tenemos ya como para hacer enfadar a George y a tu primo.

Y, al cabo de unos segundos más, este primero y Anderson regresaron no muy contentos a la cueva.

—Pues sí, ha sido algo terrible, no cabe duda —afirmó George.

—Q… ¿Qué ha pasado? —preguntó Lina, fingiendo no saber nada.

—Lo que ya veía venir, Anderson me ha llevado hasta el lugar donde Rachel fue asesinada.

—Sí, ahí yacían sus restos —aclaró este otro.

—¡Eso es terrible! —contestó ella mientras hacía el esfuerzo por llorar.

Como si no nos hubiésemos dado cuenta antes, los dos hicimos por lamentarnos ante la pérdida mientras Anderson nos daba un abrazo para consolarnos.

—En cualquier caso, quedaros aquí, nosotros dos vamos a salir de nuevo a buscar algo de comida —dijo después George, casi sin sentir nada de tristeza.

—Espera, ¿qué…? —trató de decir Lina.

—Déjalos, ¡no saben lo que hacen! —contesté.

Y, una vez más, nos volvimos a quedar solos en la cueva. Nuestros amigos podían perfectamente estar poniendo su vida en peligro, pero, en ese momento, justo en ese preciso momento, empecé a sentirme un ser privilegiado. Por una vez, podía estar a solas con la chica que me gustaba, sin que nadie llegara a intervenir. Fue en ese entonces cuando se me vino a la mente, por decirlo de alguna manera, proponerle un plan romántico.

—¿Y si damos un paseo por la cueva? —sugerí.

—Mejor que no, ¿eh? No vaya a ser que tengamos problemas —contestó.

—Sinceramente, no sé qué decir, yo creo que, lo que quiera que sea, atacó a Rachel porque estaba sola, igual si vamos dos…

—Mira, ve tú, si quieres, yo me quedaré vigilando la entrada.

—Está bien.

—Cualquier cosa me avisas.

Mi plan no salió para nada bien y, para no levantar sospechas, tuve que pasear solo. Siempre fui muy torpe para las mujeres, no os voy a engañar. Pero el caso es que, al cabo de unos metros andados hacia el interior de la cueva, cuando me quise dar cuenta, bastante más cerca de lo que pensaba, presencié una bajada. No era demasiado grande, y justo allí se hallaba el agua, y no a muchos metros, como la salida de la cueva, que parecía dar al mar. Sin pensarlo dos veces, salté.

—Lina, tienes que venir a ver esto, ¡es increíble! —la llamé emocionado mientras nadaba. Ya no me importaban los problemas en los que estábamos metidos; en ese momento nadaba feliz, como las veces que Marcus me invitaba a la piscina de su casa.

—¡Ahora no es el momento! —exclamó desde el otro lado.

Pero, sin apenas escucharla, me sumergí en las aguas cálidas y cristalinas de aquella cueva hasta pasar por, lo que venía siendo, la puerta al mar. Al sacar después la cabeza del agua para respirar, observé la playa justo delante de mis ojos, con tres hogueras que habían sido encendidas.

—¡Ay, mi Dios! —escuché decir entonces a mi primo desde el otro lado de la cueva.

—Es bastante peor de lo que pensaba —oí decir a George.

—¡Greg! ¡¿Dónde se supone que te has metido?! —me gritó Lina.

Y, no mucho después, observé desde el mar cómo un bicho rojo se puso a apagar una de las hogueras con una especie de recipiente con agua. Casi al instante recogió otros dos cubos de agua para verterlos sobre las otras. Tras ello, se escondió rápidamente en el bosque, dejando la cuba tirada sobre el agua.

Desde la distancia a la que me encontraba no podía apreciar de que se trataba, pero, muy probablemente, aquel bicho hubiese sido el mismo que nos apagó el fuego en las otras dos ocasiones.

—¡Eh tú! ¡Miserable! ¡No huyas! ¡He visto cómo apagabas el fuego! —grité entonces mientras nadaba en dirección a la orilla.

Estaba decidido a dar con aquella criatura, así que fui lo más rápido que pude hasta que el agua dejó de cubrir. Tras ello, continué caminando hasta la playa. Fue nada más pasar unos metros de la orilla cuando me di cuenta de un suceso realmente perturbador, quizás por la razón por la que antes me llamó Lina. Estaba tendido en el suelo, debajo de varias palmeras, casi a la entrada del bosque. Inmediatamente rompí a llorar.

—¡Marcus! ¡Hermano! Dime que esto no es verdad… ¡Marcus!

Según llegue a ver que había recibido un enorme corte en el abdomen, y a causa de ello, sus órganos internos quedaron sobre la arena y un charco de sangre se hallaba alrededor. Tenía un aspecto tan desagradable que en seguida desvié la mirada, pero entonces, tallada sobre el tronco de una de las palmeras, pude leer claramente la frase de: *"¡Vas a sufrir!"*.

Había perdido a quien por mucho tiempo había estado siempre conmigo, en lo bueno y en lo malo, aquel con quien tantos momentos había pasado desde el inicio de mi infancia. Me sentía devastado, roto de dolor… Me vine abajo y por unos minutos sentí que mi vida había perdido el sentido. Había sido asesinado y, de seguro, la misma criatura que apagó el fuego podría estar detrás. Fue entonces cuando, lleno de ira, me puse de pie y agarré un coco del suelo armado de valor.

—Quién quiera que haya sido, ¡sé que estás ahí! ¡Vi cómo apagabas el fuego! ¡Ten el valor de dar la cara! —grité.

—No vas a querer conocerme —respondió de forma casi inmediata; de seguro me habría tenido que ver lamentando la muerte de mi amigo.

A poco me quedé paralizado de miedo a causa de aquella voz tan horrenda y grave, tal vez la misma de la noche anterior. Pero, aún decidido, persistí.

—¡Deja de reírte en mi cara! ¡Sé demás el daño que has causado!

Y, entonces, no muy lejos de mí, escuché a algo moverse entre los arbustos. De forma inmediata, traté de apedrearle con el coco cuando, casi en un acto reflejo, observé que ya se encontraba frente a mis narices. Jamás en la vida hubiera visto cosa igual.

Era como una especie de mutante rojo y musculoso de más de dos metros de altura, con una cabeza repleta de tentáculos y unos dientes afilados. Además, llevaba un taparrabos hecho con hojas de palmeras y se encontraba armado con un enorme y afilado machete. Realmente no me lo podía creer, pareciera haber venido de una auténtica pesadilla.

Era una criatura sumamente horrorosa, hasta tal punto que dolían los ojos solo de mirarle a la cara. La misma que tantos estragos nos había causado, con la que convivíamos en aquella isla donde quedamos atrapados, ahora se hallaba a apenas unos metros de mí.

—T… T… ¡Tú! ¡Asesino! —trataba de decir asustado—. ¡¿Cómo pudiste hacer eso?!

—¿Por qué será? —contestó al tiempo que iba dando unos pasos hacia mí.

Por unos segundos, me quedé temblando de miedo. El monstruo, lentamente, se iba acercando cada vez más y más hacia mí. A la desesperada, lancé el coco en dirección hacia su cara. Increíblemente, aquella criatura logró anticiparse a ello y con su enorme machete partió el coco a la mitad cuando apenas lo tenía a medio metro de sus narices. El corte era limpio y recto, como cuando, muy probablemente, se lo hubiese hecho a la madera de nuestros refugios.

—¿En serio pensaste que me ibas a dar? —contestó—. ¡Estabas muy equivocado! —y luego de eso aceleró sus pasos hacia mí, aún más enfurecido.

Ante tal situación, ya os podéis imaginar, tuve que salir pitando hacia el interior del bosque y, casi seguidamente, la criatura me persiguió. Corría a una increíble velocidad a pesar de su enorme tamaño. Tuve que invertir todas las fuerzas que me quedaban, sin parar un solo segundo, para que no pudiera alcanzarme.

Corría y corría, desesperado por salir ileso, hasta que entonces observé de reojo la colina donde se ubicaba la cueva. **Traté de llegar a la entrada de la misma cuando, de forma repentina, el monstruo me lanzó una red de pesca.** Acabé en el suelo y quedé enredado en ella y, por más que lo intentara, no lograba escapar.

Pronto, el monstruo dejó de correr para acercarse de una forma más lenta y pausada. No se detuvo hasta que no lo tuve apenas a unos pocos centímetros de mí, al tiempo que mis ojos no dejaban de llorar de miedo; ahí terminaría mi vida y ya nada podría hacer para evitarlo. Sin decir ni una palabra, agarró con las dos manos su machete y lo subió lo más alto que pudo, dispuesto a darme un golpe que me partiera a la mitad.

—¡Deja en paz a nuestro amigo! —escuché entonces gritar a Lina.

—¡Miserable! —añadió mi primo.

Y, entre los cuatro que aún quedaban en pie, comenzaron a lanzar a aquella criatura una multitud de pedradas, hasta tal punto que terminó dándose media vuelta y huyendo del lugar; dejándome allí tirado dentro de la red. Después de eso, ellos acudieron a mi rescate y me llevaron a la cueva.

—¡Si es que no tienes cabeza, Greg, la verdad! —me gritó George al cabo de unos minutos.

—Solo quería saber qué había en el otro lado de la cueva —respondí.

—¿Y entonces, por qué carajo se te ocurrió lanzarte al agua?

—No sé… Quería divertirme un poco.

—Déjalo, si es que mi primo también, tiene unas cosas… —saltó Dylan.

—¡Cállate, que tú no tienes ni idea de fuego! —contesté entonces harto de él.

—¡Mira! ¡Todavía la tenemos, primo!

—Anda que si la tenemos, ¡mejor ni me hagas hablar!

—¿Qué pasa ahora? ¡¿Acaso tienes algo que decir?! —exclamó George a la defensiva.

—¿Qué? ¡No! ¡Nada!

—¡Dínoslo o la tenemos!

Pero cuando George se situó frente a mí dispuesto a sonsacarme aquello que iba a contar, Lina, una vez más intervino para salvarme el pellejo.

—¡Greg y yo salimos anoche fuera de la cueva!

—¿Qué? —se preguntaron sorprendidos George y Dylan a la vez.

—Así es, me salté la guardia, lo hice porque Anderson me contó que había visto restos humanos, y quería saber de quién eran —confesé.

—¡¿Y tú a nosotros no nos dijiste nada?! —exclamó mi primo empujando a este.

—Ya ni me acuerdo de nada, estaba en shock —contestó.

—El caso es que, anoche, Greg y yo encontramos los huesos de Rachel y, justo después, alguien intentó asesinarnos —aclaró finalmente Lina.

—Sé de quién hablas, mató a Marcus justo delante de mi cara —añadió Dylan.

—¿O sea, que al final he sido yo el último en enterarme de las cosas? —preguntó George.

Pero tras aquel minuto de confesiones, todos nos calmamos y comenzamos a plantearnos qué iba a ser de nuestros próximos días. Pareciera que un clima de mayor tolerancia y trabajo en equipo se hubiera creado entre nosotros. Ahora, sabíamos que teníamos que convivir con una criatura peligrosa que, en el momento menos pensado, podría acabar con cualquiera de nosotros.

Si bien, Rachel fue asesinada porque estaba sola, a Lina y a mí nos intentó matar estando juntos, pero siendo de noche, eso sin mencionar que Anderson salió solo de la cueva. Sin embargo, en el caso de Marcus, acabó con él estando con mi primo y en plena luz del día.

Podríamos llegar al hecho de que el monstruo ataca en el momento en que menos lo esperamos, pero, ¿qué pasó conmigo? Yo lo llamé y no tardó nada en acudir a mí. De no ser por mis compañeros, no hubiese sido capaz de salir vivo. El caso es que, durante las primeras noches, de haber querido, pudo haber matado a cualquiera de los del grupo. ¿Por qué no lo hizo y simplemente produjo daños materiales?

Era realmente difícil saber cuándo aquella criatura podría atacar; no obstante, después de aquel suceso, estaba claro que separarse no era la mejor opción. Pero como siempre suele pasar en todos los casos de supervivencia en la naturaleza, el hambre y la sed juegan un gran papel decisivo en la balanza.

—Tenemos que abandonar la cueva —instó George.

—P… Pero, ¿seguro que es buena idea? —decía mi primo, algo nervioso, mientras miraba hacia el fuego.

—Ya regresaremos a la noche, ahora necesitamos material.

Se le había acabado el chantaje y lo sabía demás. Ya era evidente que convivíamos con ese bicho y, casi seguro, que habría sido él quien apagó el fuego las noches anteriores. Si acaso volviera a hacerlo una vez más, de ninguna manera, pensaba tolerar otra humillación. Y sé que, por mucho que George le apoyara, no podría negarse a algo de lo que cada vez tenemos mayores pruebas. Pero entonces, no sé cómo fue, pero tuve una idea con la que volví a salvar las narices a mi primo sin siquiera darme cuenta.

—¿Queréis que os enseñe mi descubrimiento?

Entonces, procedí a enseñar al grupo el otro lado de la cueva. Estaba bastante cerca y, con las redes que ya teníamos de antes, logramos cercar y atrapar a unos cuantos peces que se encontraban próximos a las orillas.

Ese día, pese a haber perdido a mi mejor amigo, gracias a mi hallazgo, ninguno de los supervivientes se quedó con hambre ni con sed. Al tiempo que disfrutábamos comiendo aquel delicioso pescado, rezamos por Rachel, por Marcus, por Josh y por todos aquellos que no estaban con nosotros.

Pero, ¿para qué nos vamos a engañar? Eso así no se podría llamar vida. ¿Cuánto tiempo íbamos a estar así? El monstruo podría matarnos, tarde o temprano, al más mínimo despiste y todas aquellas señales que hiciésemos para llamar la atención de los barcos, de seguro, serían borradas más pronto que tarde.

Tal vez algo de eso debió pensar George, ya que, mientras el resto nos mirábamos los unos a los otros con tristeza, agradeciendo seguir en pie, él, de una forma tan fría y calculadora como de costumbre, observó más allá de lo que había tras el otro lado de la cueva; algo que, con la que teníamos encima, desde luego, no prestamos atención en absoluto.

—¡Mañana iremos allí! —indicó mientras la señalaba.

DÍA V

Podía parecer una locura, pero no. George hablaba en serio cuando nos contó que quería ir hacia aquel paisaje que estaba más allá de la salida posterior de la cueva. Se trataba de otra isla, aparentemente más grande y prometedora que en la que habíamos quedado atrapados.

—Mientras estemos aquí, nunca estaremos a salvo —afirmó.

—Pero George, que puede estar a varias millas de nosotros —contesté.

—Querido Greg, si nos quedamos aquí, tarde o temprano esa criatura acabará con nosotros, como hizo con ya con dos de nuestros amigos.

—Pero, ¿y el fuego? —preguntó mi primo.

—Por el amor de Dios, Dylan, ¡olvídate de él! Podrás hacerlo perfectamente en la otra isla. Ahora lo importante es salir de aquí y si puede ser hoy mismo mejor.

—¿Y cómo piensas hacer eso?

—Vamos a la playa de la basura. Hay que recoger todas las redes que podamos, las usaremos de cuerdas para unir los palos —indicó—. También que alguien mire a ver si hay algún cuchillo por ahí, nos haría bastante falta, en verdad. Nuestro objetivo final: construir una balsa con la que navegar.

Y, dicho aquello, tiramos para allá. Dada la situación actual, bajo ningún concepto, debíamos separarnos los unos de los otros. Tal vez fuera lo más seguro, pero hay que admitir que supuso un retardo considerable en la ejecución de los planes. Al menos era un día cálido y tranquilo, cosa que jugaba un punto a nuestro favor.

A mí me tocó recoger las redes y buscar objetos que pudieran ser útiles, mientras Anderson, George y Lina arrancaban ramas de los arbustos y palos de bambú, de la vegetación cercana a la costa, utilizando sus propias manos y alguna que otra piedra medio punzante para cortar. Y mi primo, sentado en la arena, observando, acostumbrado a que le tocaran las tareas más fáciles.

Los tres que recogían la madera le llevaron la primera tanda, así como alguna que otra liana que encontraron. Como debía agrupar el montón y atarla, le llevé después las redes. Él me miraba nervioso, se notaba que, a partir de ese entonces, se le acabaría el chiringuito y en el fondo lo sabía. Ya no solo por hacerle su trabajo, a estas alturas, me daba más rabia el hecho de tener que trabajar duro mientras él se pasaba el tiempo sin hacer casi nada. Tenía prioridad a la hora de comer y beber, y de lo de Lina, mejor ni hablamos, pero aún seguía con la espina clavada por lo del otro día.

—Disfruta mucho, primo. Puede que no vuelvas a tener un día como hoy —le dije al tiempo que le daba las redes. Él me miraba sin decir nada, pero no necesitaba oírle. Sabía demás por qué estaba así.

—¡Greg! ¿Se puede saber qué haces ahí parado? Deja de distraer a tu primo y ponte a trabajar —me gritó entonces George de mala manera.

—¡Que sí, que voy! —contesté mientras me dirigía hacia el mar a por redes.

—Yo creo que redes ya hay suficientes, mejor ayúdanos con la madera.

Acto seguido me di media vuelta, no sin antes lanzarle una mirada larga a mi primo, que no dejaba de sentirse asustado. George me dio luego una piedra y con ella comencé a golpear las ramas para partirlas. Le dimos a mi primo dos montones más; cada montón fue atado en forma de cilindro con redes y lianas. Una vez que los tuvo los tres cilindros formados, los unió atravesándolos de forma perpendicular con varios palos. Todos trabajamos bastante bien ese día y hay que decir que nos quedó una balsa fuerte y resistente.

Luego de eso, como ninguno de los otros teníamos ni idea, George, con dos cañas de bambú, se encargó de hacer los remos. Según pude ver, por el extremo inferior de ambas, con la piedra que llevaba, pero ayudándose de sus manos, hizo rajas de varios centímetros en la madera y después las expandió hacia los lados, de tal modo que ambas cañas quedaron con la típica forma de remo que todos estamos acostumbrados a ver.

Acabado aquello, George cargó con los remos mientras el resto nos echamos la balsa a cuesta para llevarlo todo hasta la cueva. Y, mira tú por dónde, cuando quisimos regresar, el fuego permanecía encendido, no pareciera que nadie más hubiese entrado desde que salimos. Mi primo, con tal de sentarse a descansar, fue el primero en soltar la balsa y a poco se nos cae a los otros tres y se nos destroza; tuvimos que hacer una mayor fuerza para sostenerla y dejarla suavemente en el suelo sin que se nos echara a perder. También, George dejó los remos sobre una de las paredes y se sentó con él.

—Dylan y yo nos quedamos en la hoguera, vosotros tres encargaros de pescar —ordenó este último nada más sentarse.

Tanto Lina, como Anderson, como yo, acabamos muy agotados con nuestras tareas y ellos, en especial mi primo, ahí tan tranquilos. Parecía hasta que se estaban riendo de nosotros, por una vez me sentí defraudado porque el monstruo no hubiese venido.

—¡Esto es acojonante, macho! ¡A mi primo siempre le tienen que tocar las tareas más fáciles! —me quejé al tiempo que me dirigía al otro lado.

—Bueno, piensa que él es quien sabe hacer fuego, no estaríamos vivos de no ser por él —afirmó Anderson.

—De verdad, Greg, reconoce de una vez que estás celoso de Dylan —contestó Lina.

—¿Celoso? ¿Yo? ¡¿De qué?!

Pero nada, ellos no me hicieron ni caso, así que, sin decir más, lanzamos unas pocas redes al agua y, al cabo de unos minutos, recogimos el pescado para asarlo en el tan preciado fuego "realizado" por mi primo.

Ya para cuando nos quisimos dar cuenta, el sol se estaba poniendo, no teníamos ni idea de cuánto tiempo estuvimos trabajando, pero, desde luego, pasó el día mucho más rápido de lo que pensamos.

—¡Tenemos que ir a la isla ahora! ¡Si no lo hacemos hoy, mañana podría ser demasiado tarde! —insistió George, empeñado en seguir con su plan.

—Pero si solo tenemos que echar la balsa al mar —afirmó Anderson.

—¡Solo! ¡Y recemos para que mañana no haya que lamentar nada!

—George, perdóname que te lo diga, pero Anderson tiene razón, no se ve nada y, para colmo, estamos bastante agotados. Yo creo que si intentamos ir ahora podríamos quedarnos en el agua —contesté.

Pero ya no se podía ver la isla desde la salida posterior y, ante la negativa de nosotros tres, no tuvo más remedio que ceder. No obstante, fijó su inquisidora mirada en Lina y en mí.

—Os recuerdo que alguien va a tener que hacer guardia hoy, ¿eh?

Obviamente, no había más opciones. Él, al ser el líder, ni se molestaba; a Anderson lo tomaba por retrasado y con mi primo, pues ya sabéis lo que pasaba. Pero en esta ocasión, antes de que George se tuviera que poner a malas, este último respondió.

—¡Déjamelo a mí!

—Dylan, de verdad…

—Estos tres ya no están en condiciones de hacer nada bien, lo mejor para todos será que yo me quede despierto.

Lo hizo, tal como lo veis, lo hizo y de verdad. Pensaba que iba a seguir aprovechándose de su posición privilegiada, pero, por una vez, mi primo pensó en alguien más que no fuese él. ¿Por miedo a quedarse allí atrapado? Tal vez, pero al menos hizo algo en condiciones. Lina y yo pudimos salirnos con la nuestra esa noche y, por una vez, el trato injusto de George hacia el equipo tuvo un efecto positivo.

DÍA VI

—¡A despertarse todo el mundo! ¡Ahora! —nos gritaba George, apenas llegado el alba.

No tardamos mucho demasiado en abrir los ojos, para decir verdad. Ese día estábamos todos muy motivados pues, sabíamos que, a partir de entonces, podríamos tener una vida de náufrago normal, sin tener que preocuparse de que un monstruo maligno pudiera asesinarnos, ni tener que comerse el marrón de las guardias por las noches, ni nada por el estilo.

De nuevo volvía a hacer un día maravilloso, así que, más que más. Empujamos la balsa hasta lanzarla al agua para después subirnos a ella y tomar rumbo hacia aquella isla que George había señalado.

Dentro de la balsa, este y mi primo se quedaron dormidos como dos mostrencos, Anderson mirando las musarañas, y a Lina y a mí, como de costumbre, nos tocaba hacer la tarea más dura: remar. Pero no nos importó nada, aquella isla podría estar perfectamente a unas veinte millas de nosotros, pero, gracias a la energía y motivación que llevábamos encima, fácilmente lográbamos avanzar.

Y, a medida que nos íbamos acercando, apreciábamos su hermosura. Era mucho más grande que en aquella isla donde habíamos quedado atrapados, con bosques más frondosos y unas playas increíblemente cristalinas. Se veía prometedora, de seguro, debía de tener más recursos que la anterior, ideal para empezar de cero hasta el momento de ser rescatados.

—¡Por fin hemos llegado! —afirmé entonces tras poder golpear el fondo del agua con el remo.

Muy emocionados todos, nos bajamos de la balsa y observamos cómo el agua ya solo nos llegaba apenas hasta las rodillas. El resto del trayecto lo continuamos chapoteando a la arena; hacía tiempo que no nos sentíamos tan bien.

—De verdad, no me sentía así desde… —
Trató de decir Lina mientras se le saltaban las
lágrimas de alegría.

Pero, sin llegar a acabar la frase, se dejó
caer sobre la arena y movió hacia arriba y abajo sus
brazos y piernas para formar un ángel. Después de
eso, tanto Anderson, como yo, como incluso el
mismo George, la imitamos, con cara de felicidad.
Solo mi primo Dylan parecía no estar muy
conforme en la nueva isla. Justo entonces me lanzó
una mirada como queriendo hablar a solas conmigo.

—¿Qué quieres ahora? —le pregunté
mientras ambos nos alejamos unos metros de
nuestros compañeros.

—¿Recuerdas la noche anterior, verdad? —
me dijo.

—¿No me voy a acordar? ¡La primera vez
que haces algo bien!

—Bueno, pues entonces, supongo que…

—Ya sé lo que me vas a pedir, pero antes
déjame descansar.

—Pero, ¿lo vas a hacer no? ¿Eso es que sí?

Ya veremos.

Y, acto seguido, me tumbé sobre la arena,
dispuesto a echarme una siesta, pues me había
entrado bastante sueño. En ese mismo instante,
George miró hacia mi primo.

—Dylan, si no te importa, haz el fuego
ahora. De momento no voy a pedir más, merecemos
todos un descanso.

—Sí… ¡Claro! Ahora lo hago —contestó—. Pero, antes no sé, me gustaría ver un poco la isla —añadió entonces tratando de evadirse.

—Como quieras, pero haz el fuego.

—¡Sí!

No lo iba a conseguir. Ni de lejos. Pero yo me mantuve al margen. No quería ayudarle, aunque tampoco decir nada al resto; prefería que ellos mismos fuesen los que se dieran cuenta de la verdad. Sabía que eso torturaría psicológicamente a mi primo y, en su justa medida, pagaría por todo aquello que estuvo haciendo en los días anteriores. ¡A ver quién era el que se reía ahora!

Al cabo de un rato, despertamos todos, aún seguía siendo de día y George le preguntó si tenía listo fuego. Él, para cambiar de tema, nos llevó hasta, lo que venía siendo, un descubrimiento. Un lugar donde supuestamente había estado mientras el resto dormíamos en la arena. Se trataba de un hermoso manantial con aguas cálidas y cristalinas, no muy lejos de nuestro paradero.

Pronto Lina, Anderson y George, agarrados de la mano, saltaron de bomba al agua para después jugar a salpicarse los unos a los otros. Dylan y yo nos quedamos fuera, de nuevo, me insistía en que le ayudara o, mejor dicho, le hiciera el fuego.

—De verdad, primo, ¿hasta cuándo vamos a seguir con la trola?

—¡Venga hombre! ¿Será tanto pedir?

—¡Nos ha jodido! ¡Como que te estás librando de todos los trabajos gordos solo por eso!

Además, ¿cómo te sentirías tú si haciendo un trabajo de la escuela le pusieran un aprobado a otra persona en vez de a ti? ¿No te has parado a pensar eso?

—Te recuerdo que ayer me comí la guardia nocturna por Lina y por ti. George nunca me habría mandado a hacer eso, lo hice de forma voluntaria. Tal como lo oyes, si quieres, te lo deletreo, ¡voluntaria! Y, de no ser por mí, de seguro el monstruo hubiese entrado en la cueva y nos rompería la balsa para que no pudiéramos escapar, ¿o quién sabe? Lo mismo podría haber matado a alguien. ¡Me debes una y buena!

—No primo. No te equivoques ni trates de argumentar. Yo no te debo nada, porque no te lo había pedido.

—¡Vamos, hombre! —gruñó.

—¿Es verdad o no es verdad lo que digo?

—¿Qué hacéis los dos ahí parados? —nos preguntó entonces George acercándose a la orilla.

—Nada… George… Cosas de primos —contestó aturdido por los nervios.

—¡Anda, lanzaros al agua que está bastante buena! —dijo mientras que nos salpicaba. Yo no tardé en hacerle caso, y con mucho gusto en esta ocasión.

—¡Espera, Greg…! —trató de decir mi primo con tal de detenerme, pero yo, lo ignoré por completo y, en toda la tarde, no volví más a dirigirle la palabra.

—¿Y tú qué? ¿Estás aburrido hoy? —continuó insistiendo George, al tiempo que todos lo mirábamos.

Y no le quedó más remedio que tirarse al agua también y hacer como que se divertía. Puede que ese día George estuviera más animado que de costumbre y que mi primo, con su nuevo descubrimiento, lograra mantener distraído al grupo, pero, de ninguna manera, conseguiría una solución eficaz. Estaba harto de él y a mí, desde luego, no llegaría a convencerme.

Gracias a su "ingenioso" plan, nos divertimos tanto que pareciera no importarnos lo más mínimo el hecho de haber quedado atrapados en una isla de mala muerte. Nos olvidamos de los problemas y no salimos del agua hasta que no notamos cómo el cielo comenzaba a teñirse de un color más oscuro. En resumen, habíamos dejado pasar las horas de sol y todavía no teníamos agua ni comida. Ahora sí, la situación exigía tener listo el fuego.

—De verdad, Dylan, haz el favor de no beber de ahí —le dijo entonces George al verlo tomar agua del manantial.

—Pero si está dulce y cristalina, ¿por qué iba a pasar algo? —contestó.

—Bueno, hay quien dice que beber de los lagos puede provocar dolores de estómago —añadió Anderson.

—Lo que tienes que hacer ahora es el fuego.

—Sí… Claro… Ya mismo… Si me dejáis trabajar —respondió, una vez más, atacado por los nervios.

Acto seguido, George procedió a dejar a su disposición un par de piedras y ramas secas.

—Voy a ver si pesco algo, intenta tenerlo para cuando vuelva —le dijo este y, no mucho después, se lanzó al manantial.

—Vale, si me dejáis trabajar… —instó mi primo justo después, mirando hacia mí.

—¿Y por qué no nos enseñas cómo lo haces?—salté vacilando, antes de que a Lina y a Anderson les diera tiempo a darse media vuelta.

—¡Venga, hombre primo! —contestó de muy mal humor a la vez que los tres lo mirábamos.

—A mí también me gustaría ver cómo lo haces —le dijo Lina—. No sé, creo que se me ha pegado la curiosidad.

—Pues sí, yo creo que no estaría de más ver cómo trabaja el maestro —añadí—, a ver si enseña a sus alumnos tan valiosa lección.

—¡Venga, hombre! —exclamó ya cada vez más enfadado.

Pero como no le hice ni caso, se puso a frotar las piedras desesperadamente. Nada, pasó un largo rato, George regresó con el pescado y no había prendido una sola chispa.

—Dylan, ¿todo bien? —preguntó este entonces.

—Sí… Sí… Tranquilo, que ya estoy a punto —contestó.

Pero la noche ya había caído, empezaba a hacer más frío, teníamos cada vez más hambre y sed: y mi primo seguía sin ser capaz de nada.

—¡Vamos, que es para hoy! —exclamó George, harto de esperar y de muy mal humor.

—¡Que ya lo sé! —contestó en un acto reflejo.

—Pero Dylan, tú, las otras veces, ¿cómo pudiste hacer el fuego?—preguntó Lina—. ¿No hay algún truco o algo?

—¡Pues haciéndolo! ¿Qué quieres que te diga? ¡A ver si te crees que es tan fácil! ¡Ponte a hacerlo tú, tía lista!

—Pero, ¿el que lo has hecho las otras veces has sido tú? ¿Verdad? ¿O no es así?

En ese preciso instante, Dylan se puso a mirar a todos, se sentía cada vez más aterrado. Tanto tiempo escondiendo la cabeza como un avestruz, le había pasado factura. ¿Diría la verdad o nos tendría la noche entera pasando hambre, sed y frío? No te sabría decir, siempre fue demasiado orgulloso.

—Lo siento mucho, primo, me harté de ti —salté entonces quitándole las piedras y, de forma casi efímera, al frotar la una con la otra, logré hacer el fuego. Todos quedaron sorprendidos al verme actuar.

—¿Greg? ¿Has…? —preguntó entonces George.

—Sí, lo hice yo. Y también lo he estado haciendo todo este tiempo mientras vosotros mirabais para otro lado. Él no sabe hacer nada, y me ha estado chantajeando para que no dijera la verdad. Y, acto seguido, le quité las piedras de la mano y prendí la chispa delante del resto.

—¡Nada de eso es verdad! —exclamó aterrorizado—. George, ¿a quién vas a creer, a un inútil como Greg o…?

—Primo, con todo el cariño, se te subió el poder a la cabeza y ya iba siendo hora de ponerte en tu sitio.

—Te lo juro, yo…

Pero este, lejos de lo que me podía imaginar, le dio un abrazo para consolarle. Pues, en la medida en que mi primo se iba volviendo más egoísta y manipulador, George, sobre todo después de la mudanza, se había vuelto mucho más compasivo y empático con los demás.

—No te preocupes, todos cometemos errores. Pero hiciste lo mejor que estuvo en tus manos, así que no te juzgo por ello —le respondió.

¡No había derecho! Con Lina, cuando se saltó la guardia, le pegó una paliza y a mí tampoco es que me tratara mucho mejor. Y por culpa de mi primo tendríamos que dormir a la intemperie al no haber podido construir un refugio durante el día, además de la que nos hizo pasar que no fue poca. Todas sus acciones habían quedado impunes.

Reconozco que quería vengarme de mi primo y no dormí con muy buen sabor de boca, aunque bueno, al menos estábamos tranquilos, los problemas que teníamos en la isla anterior no los tendríamos en esta, no de momento.

DÍA VII

Era un día más bien frío y con mucho viento cuando al despertar vimos que George no estaba con nosotros. Anderson fue el primero en ponerse en pie y con los gritos que pegaba era imposible dormir.

—¡Cállate, hombre que no estamos sordos! —exclamó mi primo, no de muy buen humor.

Fue entonces cuando observamos el cuerpo de quien, durante todo este tiempo, había sido nuestro líder, el mismo que nos dominó con puño de hierro, y que nos hizo venir a esta nueva isla. Ahora se encontraba flotando en el agua del manantial, con su cabeza cubierta por una bolsa de plástico.

—¡Lo que faltaba ya! ¡Ahora sí que tenemos un gran problema! —se quejó mi primo.

—George, por favor, ¡dinos, qué está pasando! —trató de decir Lina.

—Creo que no nos puede oír.

Acto seguido, procedimos a sacarlo del agua y quitarle la bolsa de la cabeza. Tenía un enorme corte en la garganta. Sus ojos se habían quedado mirando al vacío mientras su boca se encontraba abierta con la lengua asomada y llena de sangre. Debió haber sido degollado durante el transcurso de la noche, pero, ¿quién podría haber hecho algo así? Igual era pronto para acusar a nadie, o tal vez no. Con lo que habíamos visto los días anteriores, ya nos hacíamos una idea: el monstruo podría haberse mudado de isla con nosotros.

El fuego había sido apagado y la bolsa que cubría la cabeza de George era muy similar a muchas de las que encontramos en la playa de la basura. ¡Nada nuevo para nosotros! Aunque, para decir verdad, esta isla era muchísimo más grande y aún apenas conocíamos nada de ella, no se descartaba la posibilidad de que pudieran existir playas similares a aquella.

Muy probablemente, el monstruo se hubiera aprovechado de que estábamos felices y bajamos la guarda para matar a nuestro líder y, de esta manera, desestabilizar a todo el equipo. Ahora éramos mucho más débiles, vulnerables y propensos a sufrir sus ataques.

Ante la ausencia de George, perdí por completo mi esperanza por sobrevivir. Y Lina y Anderson tal vez pensasen lo mismo que yo. Podría parecer el final de la historia, pero no fue así. Nuestra moral estaba por los suelos, pero gracias a ello, mi primo tuvo la oportunidad de convertirse en el nuevo líder del grupo sin apenas resistencia por nuestra parte.

Y tras ello, Dylan, como nuestro nuevo líder, tuvo un plan. Tal vez algo descabellado, fuera de sentido común, pero, ante la situación en la que nos encontrábamos, parecía bastante ambicioso e innovador.

—¡Hay que matar al monstruo! —afirmó.

—¿Matar a…? ¿Tú estás loco, primo? —contesté cuestionando por completo la viabilidad de su aquellas palabras.

—¿Y a qué vamos a esperar? ¿A qué solo quedemos uno o dos para luchar? Greg, con todo el cariño, eres idiota. Entérate de una vez, ese monstruo quiere matarnos a todos y aprovecha las situaciones de vulnerabilidad para, poco a poco, ir reduciendo el tamaño de nuestro equipo. Mira, cuando mató a Rachel, iba ella sola, o cuando me crucé con él, acabó con Marcus al tiempo que yo miré para otro lado, ¿o qué me decís de George? ¡Mira lo que nos ha pasado por bajar la guardia!

—¡Qué valor! ¡Te recuerdo que fuiste tú el que nos estuviste distrayendo durante todo el día de ayer! ¡Tú eres el que tiene la culpa! —le grité enfadado.

—¿Culpa? ¿De qué? ¿Yo que iba a saber que iba a venirse con nosotros? ¡Ni tú ni nadie se lo esperaba!

—Creo que Dylan tiene razón. Además, apenas conocemos la isla, no me extrañaría que se tratase de otro ser distinto —añadió Lina.

—O peor aún, que sea una criatura divina —saltó Anderson.

Pensar en ese último comentario resultó un tanto escalofriante para Lina y para mí. De ser esa la verdad, ¿qué sentido tendría la lucha? Pese a ello, mi primo no dejaba de tener la moral sobre las nubes.

—No puedo decir que vayamos a ganar, ni tampoco que vayamos a perder. Lo que sí es seguro es que debemos luchar contra él. Si no morimos en el intento, será él quien regrese para matarnos. No tenemos nada que perder.

Y, después de aquella conversación, durante un largo rato, recogimos varios palos de alrededor, para después afilarlos lo mejor que podíamos, bien refregándolos con el suelo o bien a base de golpes de piedras. A estas otras les dimos también otra utilidad al cargarlas en la bolsa de plástico que cubría la cabeza de George, pues las utilizaríamos para arrojárselas al monstruo al tiempo que los palos cumplirían la función de lanzas.

Armados con aquellos recursos que nos dio el entorno, llevaríamos a cabo una larga expedición a la isla. Atravesamos enormes bosques, cascadas, montañas y lagos, hasta pasar alrededor de un acantilado. Justo después bajamos a la playa, misma playa donde se encontraban los restos de la balsa en la que habíamos viajado el día anterior.

Ya para ese entonces, el sol comenzaba a ponerse cuando nos dimos cuenta de que, por culpa del ambicioso plan de mi primo, nos habíamos olvidado de lo que realmente importaba para nosotros: comer y beber para mantenernos vivos. Después de un día entero gastando energía y no haber dado con rastro alguno de aquella criatura, ya os podéis imaginar cómo acabamos el resto.

—Dylan, de verdad, ¡tu plan ha sido un desastre! —le grité—. Ya tú mismo lo dijiste: el monstruo nos ataca en situaciones de vulnerabilidad.

—Oye, ¡que todavía nos queda mucha isla por explorar! —contestó de muy mal humor—. ¿Quién te dice a ti que no lo podamos encontrar mañana?

—El monstruo es de naturaleza cobarde, si nos empeñamos en buscarlo no va a venir, ¿entiendes? ¡No va a venir! ¡Hazte a la idea!

—¡¿Qué vas a saber tú?! —me gritó, negándose por completo a darme la razón.

Acto seguido, mi primo soltó su lanza y me empujó, a lo que yo contesté haciendo básicamente lo mismo.

—Chicos, de verdad, ¡dejad de discutir! No creo que sea buen momento para esto —afirmó Lina.

—Si es este tonto el culo, ¡que se cree que sabe de todo y no tiene ni idea de nada! —exclamé yo.

—¡Mira…! ¡Mira…!

—Dylan, de verdad, no es por ofender, pero Greg tiene toda la razón. ¿Es que no viste lo que pasó cuando apedreamos al monstruo la otra vez? —recordó ella.

—¿Lo ves, hasta Lina me da la razón? **Ya se está viendo que no se te puede hacer caso** —contesté.

Pero, sin decir nada más, mi primo se metió dentro del bosque de muy mal humor, aún cebado por el orgullo. No había cambiado nada desde el primer día.

—¿Y ahora dónde va? ¡Está loco! —exclamó Lina—. Se supone que…

—¡Déjalo! Quiere tener razón cuando no la tiene y luego… —Traté de decir.

Y, justo en ese instante, quedé sorprendido al presenciar una luz dentro del mar, no muy lejos de allí.

—¡La leche! ¿Qué es eso de ahí? —señalé.

—Creo que es… —intentó decir Anderson, cuando entonces, misteriosamente, se quedó mirando sin decir nada.

Esa misma luz, cada vez se encontraba más y más cerca de la costa. Pronto pudimos apreciar claramente la forma de un velero. ¡Esa podría ser nuestra última salvación! De forma rápida e improvisada, saqué dos piedras de la bolsa y me situé frente a los restos de la balsa para prender la chispa. Pocos segundos después, se formaría una gigantesca llamarada.

—¡¿Qué has hecho?! ¡Inconsciente! —me gritó Lina.

—¡Ahora o nunca, amigos míos! —contesté.

Entonces, al tiempo que los restos de la balsa ardían, los tres comenzamos a hacer señas y gritar hasta donde nos daba la voz, todo con el fin de que el barco se fijara en nosotros. Cada vez el cielo estaba más oscuro y aquel velero parecía estar acercándose a la playa.

Pero, al cabo de unos minutos, vimos cómo terminó pasando a un lado; sin haberse dado cuenta de nuestra presencia, o al menos eso quisimos pensar, se fue, llevándose consigo la única esperanza que teníamos de ser rescatados. Enseguida, Lina rompió a llorar.

—Tranquila, solo ha sido un barco, no te preocupes por… —Traté de decir mientras la abrazaba y Anderson nos miraba con cara de pena.

—¿Un barco? ¡Era nuestra última esperanza para sobrevivir! ¡Ahora sí que vamos a morir todos! —decía llorando.

—Querida amiga, nunca te dejaré ir.

Gracias a mis abrazos, ella se sintió algo más animada. Para decir verdad, antes de la isla, nunca había podido pasar tanto tiempo con ella y, ahora sin Marcus, me sentía convencido de que pronto podría llegar a ser mi momento.

La miré sonriendo a la cara y le quité las lágrimas de los ojos. Nos miramos fijamente, ella me devolvió la sonrisa, sintiéndose cómoda conmigo. Parecía que ese iba a ser mi momento especial. ¡Tuvo que venir después mi primo para fastidiar aquella escena tan bonita!

—Acabo de estar en el manantial, el cadáver de George ha desaparecido. No queda absolutamente nada de él, ha debido de llevárselo el monstruo mientras lo estábamos buscando —afirmó.

—Si te contara yo lo que acabamos de ver —contesté.

Y, poco más, nos sentamos alrededor del fuego generado alrededor de la balsa y, con la bolsa de plástico, tras sacar las piedras, hervimos algo de agua para beber. Definitivamente, el plan de mi primo había sido un auténtico fracaso. No comimos nada durante todo el día, perdimos una oportunidad para ser rescatados y, para colmo, acabamos sin apenas energía. De muy mala manera tuve que hacer la guardia aquella noche.

DÍA VIII

Un día más, mi primo continuaba siendo el líder del grupo y, pese al estrepitoso fracaso anterior, no se le quitaban las ganas de querer matar al monstruo. En esta ocasión, volvió a tener otra idea aún más "brillante".

Según nos explicó, el nuevo plan consistía en conducir al monstruo hasta un llano en el interior del bosque, no muy lejos de la playa donde nos encontrábamos. Allí se quedaría uno de nosotros, solo y desarmado, esperando a que el monstruo quisiera atacar. Dado la suposición de que su naturaleza era cobarde, no cabría duda de que lo iba a hacer.

Pero para cuando el monstruo atacase, la zona de alrededor estaría repleta de trampas. Las trampas, básicamente, consistían en cavar agujeros dentro de los cuales, meteríamos palos afilados y cubriríamos con hojas para disimular. De este modo, terminaría cayendo en alguna de ellas y, ya entonces, el resto del grupo le tendería una emboscada.

—¡Manos a la obra, muchachos! —ordenó.

Decir todo eso era muy fácil, pero a la hora de llevarlo a la práctica, ya os digo que no lo fue. Con las manos y, si acaso, ayudándonos de palos, piedras, conchas o aquello que encontrásemos alrededor, con eso cavábamos los agujeros.

Hicimos alrededor de diez, lo cual, nos llevó prácticamente todo el día y posiblemente tampoco fueron tan profundos como para que el monstruo quedara atrapado en el interior. Y los palos que clavamos tampoco es que fueran gran cosa, en caso de que llegara a caer, yo, por lo menos, dudaba por completo que realmente pudieran hacerle daño. Ya podía tener éxito la emboscada que si no…

Luego, con hojas de árboles y palmeras y vegetación del suelo, cubrimos los agujeros. Muy discretos no quedaron, pero bueno, mi primo no dejaba de estar convencido de que su plan funcionaría. Menos mal que esta vez quiso poner su granito de arena y trabajó duramente para crear las trampas, tanto o incluso más que el resto.

Acabamos el día con las manos destrozadas y yo, que la noche anterior no había dormido nada, no sé ni cómo pude aguantar. Mi primo no me había dejado descansar, ya que para llevar a cabo su plan se requería mucho trabajo duro y, como éramos pocos, ninguno se podía permitir echarse atrás. No tenéis idea de cuánto ansiaba por descansar ese día.

Ya bien caída la noche, me encargué de realizar unas cuantas antorchas para armar al equipo y, justo después de eso, se llevaría a cabo la tarea más cruel y despiadada del plan: elegir al cebo.

—Anderson, ¡te ha tocado a ti! —dijo mi primo sin siquiera dudar.

—¿Por qué tengo que ser yo? —contestó algo asustado.

—No es obvio, eres el más inútil del equipo.

—¡Pero si yo hago lo que puedo! ¡Eso no me parece justo!

—Anderson, sabes que te queremos mucho, pero, yo también creo que tú eres el más preparado para esta misión —trató de decirle Lina en un tono más suave.

—¿Os creéis que soy idiota o qué? ¡Me estáis tratando diferente por mi forma de ser!

—¿Qué? No, cariño, no digas eso…

—¡Que lleváis así toda la vida! Uno se acaba dando cuenta de las cosas.

—¡Que te quedes ahí, quieto y punto! —le gritó entonces mi primo, ya empezando a enfadarse.

Pero en ese instante, pese a que mi cuerpo me pidiera que me fuese a descansar, harto de tener que estar bajo sus órdenes, opté por intervenir.

—Anderson no se va a quedar aquí solo, ¡yo me quedaré en su lugar!

—¿Qué te vas a qué…? ¿Eres estúpido? ¿En serio vas a comparar tu vida con la de este desgraciado? —trató de advertirme mi primo.

—De verdad, Greg, no sabes lo que estás diciendo —saltó Lina.

—Nadie es mejor ni peor que nadie, ¿vale?

—Pero, ¿y el fuego qué?

—Que haga guardia el que le toque y ya, no tiene por qué pasar nada.

—De verdad, Greg, no sabes lo que echaba de menos que alguien hiciese algo así por mí —me dijo entonces Anderson casi llorando de alegría al tiempo que me daba un fuerte abrazo.

Justo después, mi primo me dio una caracola para que, según él, me encargara de soplarla cuando el monstruo apareciera. También, Lina se despidió de mí con un cálido abrazo y, poco más, se llevaron las antorchas y me dejaron allí, solo y abandonado en medio del bosque con una inmensa oscuridad.

Hacía muchísimo frío y estaba muy cansado, pero, lejos de querer acostarme, permanecí en pie sin soltar la caracola y con los ojos abiertos, lo más que podía. Por delante o por detrás, por la izquierda o por la derecha, por arriba o por abajo; no sabía cuándo ni cómo ni por dónde, solo que debía mantenerme en pie.

DÍA IX

Hacía muchísimo frío y estaba muy cansado, pero, lejos de querer acostarme, permanecí en pie sin soltar la caracola y con los ojos abiertos, lo más que podía. Por delante o por detrás, por la izquierda o por la derecha, por arriba o por abajo; no sabía cuándo ni cómo ni por dónde, solo que no debía quedarme dormido.

Había pasado la noche en vela, seguía haciendo frío, el viento resultaba cada vez más abrumador y no tardó demasiado en tronar. Tenía sueño, hambre, sed y dolores de cabeza, pero yo seguía ahí, sin haberme movido ni centímetro del sitio donde me quedé. Estaba solo, desarmado y dudando por completo de que las trampas pudieran hacer algo por ayudarme.

Sería hoy, sería mañana, no sería nunca, ¿quién sabe? Lo mismo hasta podrían venir antes a rescatarnos. La intriga por saber cuándo el monstruo aparecería era tan alta que resultó ser lo único que me motivó a seguir en pie.

También, aprovechando la situación climática, rellené la caracola con el agua de la tormenta, la cual parecía no terminar ese día, gracias a ello al menos pude saciar mi sed.

En este triste día, básicamente, fue un día de reflexiones, en el que pude conectar con mi yo interior. Hasta aquel entonces, nunca antes supe lo que era realmente la soledad. Nunca me faltaron amigos en la escuela y mi familia siempre estuvo ahí en los momentos difíciles.

Mirar la naturaleza y pensar, era lo único que podía hacer hasta que, cuando me quise dar cuenta, caí al suelo de espaldas. Mis piernas estaban tan cansadas que apenas las podía sentir y, cada vez más, estaba perdiendo el control sobre mis párpados.

Mis ojos se cerraban una y otra vez, mientras yo los volvía a abrir, recordándome a mí mismo que no debía bajar la guardia. Hubiera estado mucho mejor quedándome con mi primo y dejando a Anderson aquí abandonado, pero esta había sido mi decisión. Por más que me arrepintiera de haberla tomado, era demasiado tarde para volver atrás.

Entonces, sin apenas fuerzas para levantarme del suelo, observaba como el agua de la lluvia iba cayendo sobre mi rostro mientras mi visión iba siendo cada vez más pesada y borrosa hasta que, entonces, ya no me acuerdo de más. Era consciente de que el monstruo podría matarme, pero había llegado a un nivel tan alto de agotamiento físico y mental que, prácticamente, ya no me importaba.

DÍA X

Desperté, y miré alrededor, la tormenta había cesado y observé como amanecía. Pronto pude ponerme de pie, sintiéndome más reparado. Seguía allí, solo y abandonado, pero agradecido de seguir con vida.

El monstruo no había llegado y puede ser que no quisiera aparecer; tal vez no era tan tonto como creíamos, y podría haberse dado cuenta de las trampas. O tal vez fuese como la amistad y el amor, que vienen siempre cuando uno menos se lo espera y que, cuando alguien se empeña en buscarlos desesperadamente, el destino no se los da. O, simplemente, solo quisiera torturarme.

Puede que esa llegara a ser mi vida a partir de aquel entonces, al menos hasta que alguien viniera a rescatarnos, suponiendo que mis amigos quisieran avisarme. Definitivamente, solo me tenía a mí.

—¡Primo! ¡Salte de ahí! ¡Cagando leches! —escuché una voz que parecía venir de mis espaldas, no de muy lejos.

—¿Dylan? —pregunté algo extrañado mientras me daba la vuelta.

Justo en aquel entonces, no pude ver bien desde qué lado, pero alguien lanzó una bolsa de plástico ensangrentada sobre mis pies. Cuando llegué a abrirla para ver qué había dentro, no pude evitar a contener las lágrimas de dolor.

Era la cabeza de mi amigo, aquel por el que había estado dispuesto a abandonar a los demás y arriesgar mi vida; Anderson había sido asesinado. Ante tal escena, a poco me quedé sin fuerzas para hablar cuando, entonces, la criatura, una igual que la de la isla anterior, tal vez la misma, salió lentamente de detrás de unos arbustos, fijando en mí su horrenda mirada.

—T… ¡Tú! Q… Q… Q… —trataba de decir.

Paso a paso, de forma pausada, sin decir una palabra, vi que se iba acercando hacia mí. A medida que caminaba, bordeaba los agujeros, esos mismos que cavamos a base de una intensa e interminable jornada de trabajo. Daba la sensación de que nos había estado viendo trabajar; todo el esfuerzo que habíamos invertido para acabar con él no había servido para nada. Fue al cabo de varios segundos cuando se detuvo a apenas dos metros de mí.

—¡Dime que no eres el mismo de la otra isla! —exclamé mientras tiritaba de miedo.

—Ya veo qué tonto no eres —contestó en un tono que incluso parecía que se estaba burlando de mí en mi cara.

—¿Por qué tienes que hacer esto? ¿Por qué tienes que matar a mis amigos?

—Adoro a los seres humanos —contestó al tiempo que seguía caminando hacia mí.

—Eso es absurdo, si de verdad adorases a los seres humanos…

—Adoro a los seres humanos, ¡porque es divertido acabar con sus vidas!

Y, de forma casi inmediata, el monstruo intentó golpearme con el machete cuando, entonces, alguien le lanzó un coco en toda la cara. Gracias a ello, retrocedió unos metros hacia atrás. Lina y mi primo llegaron entonces para rescatarme.

—¡Vamos! ¡Tenemos que huir, pero ya! —me dijo esta primera al tiempo que me agarraba de la mano y me llevaba hacia la playa—. El monstruo ha matado a Anderson delante de nuestra cara y nos ha apagado el fuego —me contó justo después.

Al mismo tiempo que escapábamos, Dylan no podía dejar de llorar.

—Primo, no llores, seguro que… —Traté de decir para consolarle.

—No, primo, todo esto ha sido culpa mía. Cometí un error pensando que tendríamos alguna posibilidad en luchar contra ese demonio —contestaba incapaz de contener las lágrimas de arrepentimiento—. Por mi culpa, por mi gran culpa, ¡todos vamos a morir!

Le di un abrazo para consolarle y, acto seguido, acto seguido, Lina también nos abrazó.

—Chicos, antes de morir, tengo que deciros que he pasado muy buenos momentos con vosotros, también algunos malos, pero, como es el último día…

—Nosotros también te queremos —contestó mi primo—. Y siento mucho lo que pasó aquella vez —se acordó de lo de la paliza.

—No te preocupes, el pasado no se puede cambiar. Hay que mirar al futuro, a la vida que nos espera en el más allá.

—Yo solo espero que podamos estar allí todos juntos —contesté llorando—. ¡No sabéis cuánto echo de menos a los demás!

—¡Pues por eso no os preocupéis, que ya no os queda mucho más! —se oyó una voz justo detrás de nosotros. No lo dudamos en absoluto, se trataba del monstruo que, una vez más, había llegado para atacar.

—¿Otra vez tú? ¡¿Pero qué se supone que quieres de nosotros?! —le gritó mi primo.

—¡Ya tú sabes lo que estoy buscando! —contestó.

Inmediatamente, aquel bicho se dispuso a embestir contra los tres. Tuvimos que echarnos a correr lo antes posible. Pero, en esta ocasión, el monstruo aumentó su velocidad hasta el punto de tenerlo prácticamente a centímetros de nosotros. Fue en ese instante cuando, rápidamente, asestó un machetazo en la pierna de Lina, provocando que cayera al suelo.

—¡Lina! —grité mirando hacia atrás.

—¡Calla y corre, imbécil! —contestó Dylan dándome un manotazo.

El monstruo continuó persiguiéndonos por unos metros más cuando, entonces, mi primo tropezó, pero el bicho, lejos de querer matarlo, parecía estar empeñado en ir a por mí. De tanto huir, mi energía comenzaba a agotarse. Sabía que era cuestión de minutos el tiempo que le llevaría a alcanzarme. Así que, a la desesperada, terminé haciendo algo de lo que, de no haberse dado semejante situación, tal vez nunca hubiera sido capaz.

Sin pensarlo siquiera, salté al tronco de un cocotero que se encontraba justo en la orilla de la playa. Luego, después, abrazándolo todo lo que podía, comencé a trepar. Acto seguido, el monstruo golpeó el tronco de la palmera con su machete, haciéndola temblar y provocando que cayeran dos de los cocos. Afortunadamente, pude esquivarlos y seguir subiendo hacia arriba como si se tratara de la cuerda del gimnasio del colegio.

Pero aún empeñado en acabar con mi vida, el monstruo continuó golpeando la palmera. El tronco no dejaba de temblar y los cocos caer, mientras yo, con todas mis fuerzas, trataba de no soltarme. Fueron pocos segundos después cuando, entonces, la criatura se dio media vuelta y apartó la vista de mí. Cuando quise mirar hacia abajo, allí estaba mi primo armado con una lanza de esas que habíamos hecho con palos.

—¡Dylan! ¿Te has vuelto loco? ¡Sálvate tú que puedes! le grité.

—¡Es luchar o morir, primo! Ya no hay vuelta atrás —contestó.

Y, de forma inmediata a esas palabras, el monstruo trató de golpearlo con su machete, pero él logró detener la estocada con la lanza. Seguidamente, mi primo intentó atacar empalando en el pecho a aquella criatura, con la mala fortuna de que el bicho dio un salto atrás y, tras ello, cortó la lanza con su machete, dejándolo prácticamente desarmado.

—Q… Q… Q… —Trataba de decir asustado.

—¿En serio pensaste que tendrías alguna posibilidad contra mí? —contestó el monstruo riéndose—. ¡Estabas muy equivocado!

Pero mi primo, en un intento desesperado de acabar con él, agarró una piedra del suelo y trató de golpearlo en la cara con la mala fortuna de que aquella criatura le acabó cortando el brazo.

—¡Dylan! —grité desde arriba al observarlo—. Dime qué no está pasando.

Este, mareado a causa de la pérdida de sangre, trató de dar media vuelta para huir cuando de pronto, como si de un boomerang se tratara, el tan malvado bicho lanzó su machete, provocando que mi primo cayera al suelo con el arma incrustada en la coronilla.

—¡Dylan! —grité aún más fuerte al verlo morir.

Acto seguido, de forma tranquila y pausada, el monstruo se acercó a recoger el arma, después mirar hacia mí.

—¡Criatura repugnante! —le dije mientras mis lágrimas brotaban de los ojos.

Segundos después, de forma tranquila y pausada, ese demonio se adentró en el bosque, pasando de mí por completo. De querer asesinarme, lo habría hecho, no me cabía la menor duda, yo no tendría ninguna posibilidad contra él, y, sin embargo, no lo hizo. Y no era la primera vez que se daban situaciones similares.

Después de presenciar aquello, solo podía llegar a la conclusión de que ese desgraciado no quería matarnos; de ser así, esta historia se habría acabado el mismo día que empezó. Lo que buscaba, muy probablemente, fuese torturarnos hasta donde alcanzasen nuestros límites; ahora me hacía una idea del significado de aquella frase tallada en aquel tronco de *"¡Vas a sufrir!"*.

No mucho después, a causa del viento y de los golpes recibidos, el cocotero terminó cayendo en dirección al mar. Tras ello, me separé del tronco y, como no cubría demasiado, continué caminando por el agua hasta llegar a la arena.

Roto de dolor, abracé el cuerpo sin vida de mi primo. Después de dieciséis años de constantes riñas y competiciones por ver quién era el mejor, me di cuenta de que, a pesar de que nunca nos hubiéramos llevado bien, había sido como un hermano para mí. Varios segundos después, manchado con la sangre que brotaba del cuerpo, miré hacia el interior del bosque y, lleno de rabia, grité:

—¡¿Por qué monstruo?! ¡¿Por qué tuviste que hacerle eso?! ¡¿Por qué?! ¡Cobarde! ¡Desgraciado! ¡No sé qué te habrá hecho la vida para que hagas estas cosas!

Y, justo en ese instante, una voz conocida me llamó:

—¡Greg!

—¡Lina! —contesté, sin dudar en absoluto de quién era.

Rápidamente, abandoné el cadáver de mi primo en el mismo lugar donde fue asesinado para llegar hasta el paradero donde ella se encontraba. Tenía un profundo corte en la pierna y apenas se podía levantar; había debido de perder mucha sangre.

—¿Greg? —me dijo algo más aliviada cuando me vio llegar.

—¡Te prometo que no te va a pasar nada! ¡No, mientras yo siga con vida! —exclamé al tiempo que mis ojos no paraban de llorar.

Lo más pronto que pude, de forma improvisada, me dirigí hacia unos helechos que se encontraban no muy lejos de la playa. Arranqué de raíz una de las hojas y la até alrededor de la pierna de Lina, formando así un torniquete que detuviera el sangrado.

Quedamos los dos solos, ella completamente vulnerable a cualquier ataque, y yo sin poder hacer nada para evitarlo; pero no por eso la iba a dejar abandonada. Lo más pronto que pude, me la eché a cuesta y, extremando la precaución, me dirigí hacia el lugar donde había estado tanto tiempo esperando el monstruo. La bolsa de plástico seguía allí, totalmente intacta. Saqué de dentro la cabeza de Anderson y agarré varias piedras y ramas por el camino. Después regresé a la playa, concretamente, al lugar donde mi primo había sido asesinado; su cuerpo no se había movido un centímetro de ahí.

Acto seguido, realicé una hoguera y recogí agua en la bolsa para después hervirla. Y, ya luego de eso, me dispuse a hacer algo de lo que nunca creía que llegara a ser capaz.

—Primo mío, allá donde estés, espero que puedas perdonarme.

Y, con una concha de la playa, me dispuse a cortar su carne para después asarla. Estábamos tan hambrientos que ni Lina ni yo sentimos escrúpulo alguno de hacerlo; todo lo contrario a lo que sucedió con Josh.

—Greg, de verdad, a veces no entiendo cómo eres tan bueno conmigo —me dijo, luego ya caída la noche, llorando de tristeza al tiempo que ambos estábamos sentados en la hoguera.

—No tienes por qué agradecer nada, jamás sería capaz de abandonar a una chica como tú —contesté—. Mañana construiré una balsa, en la que tú y yo zarparemos de aquí.

—Pero Greg…

—Lo sé, irse a una isla cercana no es la solución. Pero no te preocupes por eso, mi plan va más allá.

—¿Qué quieres hacer?

—¡Navegar! Hasta encontrarnos con la civilización.

—¡Estás loco! ¿En serio crees que con una simple balsa podremos atravesar todo el océano?

—Morir o morir lentamente, son nuestras únicas opciones.

DÍA XI

Una vez más pasé la noche en vela y, cuando amaneció, prácticamente estaba rendido. Pero no podía, simplemente, no podía descansar. Lina había quedado invalidada y ahora, si alguien era capaz de conseguir los recursos para mantenernos con vida, ese era yo.

De querer matarnos, el monstruo podría hacerlo en cuestión de segundos y el océano era inmenso. ¿Quién sabe qué nos esperaba por allí? Miles de millas y tal vez no encontrarnos a ningún ser humano. Las posibilidades de fracaso eran altísimas, tal vez mi plan fuese incluso peor que los de mi primo, pero ya no podía más, iba siendo hora de que esto terminara. Estar allí era como estar en el corredor de la muerte, ¡peor que una guerra incluso!

¿Habría basura por la isla? No lo sabíamos, pero aún no habíamos explorado ni la cuarta parte. Construir la balsa se decía fácil, igual que las trampas de mi primo, pero era todo un reto, más teniendo en cuenta que solo podía trabajar yo y apenas me quedaba energía. Mi visión estaba siendo borrosa y me sentía bastante mareado, pero, con mis propias manos, comencé a arrancar cañas de bambú de la vegetación más cercana a la playa, esto sin desviar la atención de Lina.

Ella, a medida que le iba dando los palos, cumpliría con el mismo papel que Dylan cuando construimos la primera balsa. Básicamente, agruparlos en montones y atarlos, solo que esta vez, en lugar de redes de pesca, tuve que recoger ramas de helechos, lianas, hojas de palmera, entre otras cosas que pudieran atar los palos de forma que no se soltaran.

Luego después, cuando terminé de entregarle a Lina el material, me encargué de construir los remos de la misma manera que lo había hecho George la otra vez.

Ambos trabajamos hasta donde nuestros límites nos daban; nos llevó casi todo un día entero, pero al final lo conseguimos. No os voy a engañar, la balsa quedó bastante cutre y ambos dudábamos por completo de que fuera a soportar nuestro peso, pero era jugársela a todo o nada, no podíamos seguir ahí.

Fue por la noche cuando acabamos, a excepción de un rato que dedicamos a comer y beber, sobre todo yo, había estado trabajando sin descansar. Fue entonces cuando caí de espaldas sobre la arena mientras decía:

—Ahora sí, ya podemos volver a casa.

—Greg, ¡no! Tú no estás en condiciones de remar —me dijo Lina, que parecía no estar tan agotada.

—Pero Lina, es, ahora o nunca, el monstruo…

—Descansa tranquilo, Greg, yo me encargaré de hacer la guardia —contestó sonriendo con su dulce voz.

Y tonto de mí por haberle hecho caso. No me dormí tranquilo, pero, dadas las horas de sueño que tenía acumuladas, no fue algo que me costara en absoluto.

Mientras, ella permanecería en el suelo, atenta a su alrededor ante cualquier amenaza, pero, ¿para qué nos vamos a engañar? Era evidente que no estaba en condiciones de hacer guardia, y antes de acabar dormido ya sabía que hacerle caso y pasar una noche más en aquella isla iba a ser un gran error.

DÍA XII

Aún no había amanecido cuando empecé a notar que hacía demasiado calor. Nada más abrir los ojos, vi que la balsa permanecía allí y el fuego seguía encendido, pero Lina ya no estaba conmigo. Bastante alterado, me puse en pie y miré hacia el bosque cuando, entonces, observé un hecho realmente perturbador: la isla entera había sido incendiada.

—¡Lina! —grité.

Y, desde el interior del bosque, la escuché gritar. Podría haberla dejado allí, pero no. La amaba, incluso más que mi propia vida. La amaba tanto que de ninguna manera estaba dispuesto a dejarla morir.

Así que, armado de valor, me atreví a sumergirme entre los árboles incendiados al tiempo que gritaba su nombre. Tras dar varios pasos entre árboles quemados, ella por fin llegó a responderme:

—¿Greg? Estás loco, ¡sálvate tú que puedes! Para mí ya es demasiado tarde.

—¡Jamás te dejaré morir! —grité con todas mis fuerzas.

A medida que me iba adentrando en el interior de la isla, el humo era cada vez más tóxico, lo que provocaba que rápidamente me sintiese mareado y desorientado. Sentía que me costaba trabajo respirar y, al cabo de unos pasos más adelante, caí al suelo sin energía y mis ojos, lentamente, comenzaban a cerrarse. Cuando llegué a darme cuenta, empecé a ver una luz blanca que me indicaba un camino. Mi subconsciente parecía querer acercarse cada vez más, pero entonces, una vez más, la escuché la voz de Lina.

—¿Greg? ¿Estás por ahí?

—¡Ahora voy, vida mía! —contesté al tiempo que me levantaba del suelo algo más reparado.

Estaba caminando por el interior de un bosque incendiado, dentro del cual, los gases eran demoledores, pero mi amor por ella, y solo eso, hizo que corriera hacia adelante como si tuviera la misma energía que desde el principio. Al cabo de un rato la encontré tirada en el suelo, sobre la ladera de una colina, cerca de un árbol, el cual, tenía todas sus ramas repletas de fuego.

—De verdad, Greg, no hacía falta que…

—No, Lina, ya te dejé bien claro que no me iría de esta isla sin ti.

Lo más rápido que pude, me la eché al hombro, justo en ese entonces, la rama de aquel árbol cayó al suelo, afortunadamente, logré esquivarla y salir corriendo. A causa del humo, noté como Lina comenzaba a desmayarse, pero yo, pese a estar cada vez más fatigado, tuve el valor y el coraje necesarios para seguir adelante. No descansé hasta salir de allí.

—Ya estamos Lina, ¡hemos salido! —grité llorando de alegría al tiempo que caía al suelo de costado sobre la arena, aun con ella en los hombros.

¿Habría sido el incendio provocado de forma intencional? No me extrañaba en absoluto y ya me hacía una idea de quién era el culpable. Aquella frase de *"¡Vas a sufrir!"* tallada en madera, el mismo día que lo vi por primera vez y que perdí a mi mejor amigo; se me venía a la cabeza una y otra vez, pareciera que hubiera sucedido hacía apenas minutos. No debía parar hasta salir.

Así que, evitando perder el menor tiempo posible, volví a agarrar a Lina y me subí junto a ella encima de la balsa, para, rápidamente, echarla a navegar; en principio parecía aguantar el peso de ambos. Al cabo de un rato, Lina comenzó a recuperar la conciencia, mientras yo, pese a estar cada vez más agotado, remaba constantemente sin mirar hacia atrás.

—¿Greg? —se preguntó justo en ese entonces—. ¿Dónde se supone que estamos?

—¡Vida mía, estamos en un lugar mejor! —contesté.

A medida que nos alejábamos, el mar se iba volviendo más tranquilo. No teníamos ni idea de para dónde nos dirigíamos, pero daba igual. Todos los caminos llegan a Roma, al menos eso quise pensar. Ahora, nos habíamos alejado tanto que la isla, aún incendiada, se veía como simple una luz naranja en el horizonte al tiempo que hacía contraste con el amanecer.

Lina estaba feliz de que la hubiera sacado de aquel infierno y yo me sentía feliz al ver que ella estaba feliz. Ahora, ya por fin, puesto que no sabíamos qué iba a ser de nosotros después, decidí que era hora de contarle aquello que nunca antes había confesado. Me daba mucho miedo, pero no tanto como lo que habíamos llegado a pasar.

Así que, en pleno amanecer, en medio del mar y sin rastro de tierra alguna, en millas a la redonda, arrodillado, la miré a los ojos; ella también hizo lo mismo que yo. Ambos nos sonreíamos emocionados. No lo dudaba en absoluto, ella era mi primer amor.

Entonces, sin pensarlo más, tiré por la borda tantos días de amistad desde los tres años de edad y la besé en la boca. Ella parecía sorprendida, pero, por lo que pude notar el tiempo que duró el beso, en ningún momento opuso resistencia.

Ella estuvo con mi mejor amigo y yo nunca antes había besado a una chica, pero a ninguno de los dos parecía importarnos nada. El beso duró más de un minuto cuando, entonces, ambos nos despegamos y nos miramos a la cara sin decir nada, aparentemente sorprendidos.

Iba a ser un momento feliz de no ser, porque, justo detrás de Lina, observé a una especie de criatura roja asomarse entre las aguas. No era nada nuevo que no hubiésemos visto antes, por lo que, tardé lo menos posible en ponerme de pie armado con el remo.

—¡Deja de arruinarme la vida! —grité lleno de furia.

Pero, justo en ese momento, el monstruo se sumergió dentro del mar.

—Greg, ¿qué se supone qué...? —trató de decir ella asustada.

Y, de forma casi inmediata, la agarró con fuerza para llevársela consigo para dentro del agua. Esas serían las últimas palabras de su voz que escuché.

—¡Lina! —grité al tiempo que intenté golpear a aquella criatura con el remo.

Continué intentando darle en repetidas ocasiones, hacia varios lados de la balsa, pero no pude hacer nada. Pronto las aguas de alrededor comenzaban a teñirse de rojo. Aquella que consideraba como la mujer de mi vida, a la que me veía en el futuro como la madre de mis hijos, se había ido para nunca más volver, ¡y todo por culpa de ese desgraciado!

—¡Criatura repugnante! ¡¿Por qué tuviste que matar a ella?! ¡¿Es que no tuviste suficiente con los demás?! ¡Me lo has quitado todo! ¡¿Qué más quieres de mí?! ¡¿Qué más quieres?! —gruñí lo más fuerte que pude.

—No me digas que no te advertí —contestó entonces, asomando su cabeza a apenas centímetros de la balsa.

Lleno de ira, traté de golpearle una vez más, pero en esta ocasión volvió a sumergirse para asomar la cabeza debajo de la balsa, provocando que volcara y cayese dentro del mar. Ahora sí que sí, ya no me quedaba nada. Estaba en mar abierto, solo, sin nada ni nadie. Mi propia energía era lo único que podía hacer que permaneciese flotando.

Fue entonces cuando el monstruo se situó frente a mí, a apenas unos metros, y ambos nos quedamos mirándonos por varios segundos.

—Amigo Greg, me he divertido mucho contigo, pero creo que ya llegó tu hora.

—¡Eres un ser deplorable! ¡Asqueroso! —contesté.

Nadé lo más rápido que podía, hasta donde me daba la energía; ansiaba con todas mis fuerzas de escapar de sus garras. Pero cuando quise mirar atrás, vi que aquel demonio me estaba persiguiendo de forma tranquila y pausada.

Para haber llegado hasta tan lejos, seguro que esa criatura debía de ser un excelente nadador. Me atrevería a decir que tanto como un tiburón blanco, pero antes de matarme deseaba matarme en vida. Ya sabía por dónde iban los tiros y, antes de querer alcanzarme, iba a preferir que nadara hasta que me quedara sin fuerzas para flotar.

El monstruo se divertía con el sufrimiento de las almas más atormentadas y, muy probablemente, se hubiese estado fijado en mí todo el tiempo que estuvimos atrapados. Tal vez por eso también eligiera el orden en el que asesinar a mis amigos.

El caso es que, mi energía se iba agotando cada vez más. Cuando me quise dar cuenta, las extremidades me dolían tanto que ya casi ni las podía mover, tragaba agua por la boca y mis ojos quedaban sumergidos. Me estaba hundiendo, no cabía duda, fue en ese entonces cuando por fin escuché como una voz.

No tenía ni idea de qué querían decir, solo sé que, cuando hice un último esfuerzo por mirar hacia arriba, observé un pequeño barco de pescadores, no demasiado grande. Seguramente, ellos se hubiesen dado cuenta de mi presencia y ahora se dirigían hacia mí.

Eran dos hombres aparentemente de origen asiático; me miraron desde arriba, apenas observarles, no pude evitar sonreír. Fue en ese entonces cuando aquel bicho me agarró por una de mis piernas, dispuesto a tirar de mí hacia las profundidades.

—¡Ya es hora de acabar con esto de una vez! —me susurró.

Ahora sí, iba a morir y, como estaba tan agotado, no podría hacer nada para impedirlo. Pero entonces, de forma inesperada, la cabeza de aquel demonio quedó empalada por un arpón de pesca disparado desde fuera. Inmediatamente, me soltaría para perderse para siempre en las profundidades. Casi al mismo instante, entre los dos hombres me agarraron para sacarme fuera del agua y me metieron dentro del barco.

Me guiaron hasta el camarote, así como también me ofrecieron agua y comida. No tenía la más remota idea de lo que hablaban, pero, en cualquier caso, ellos me salvaron la vida y eternamente les voy a estar agradecido. Así terminó mi aventura.

EPÍLOGO

Y, tras doce días en las islas, fui trasladado a un hospital de Manila. Estuve allí por unos días más hasta que me dieron el alta y pude volver a casa para reunirme con mis padres. No tenéis idea de cuánto lloraron de la emoción al saber que había sobrevivido.

Obviamente, la gente se preguntó qué había sido de mis otros compañeros. Nadie, salvo los pescadores que me rescataron, se creyó que hubieran sido asesinados por un monstruo maligno, ni tampoco que tal cosa existiera. Así que, a fin y a cuentas, me tuve que inventar otra historia diciendo que, los que lograron sobrevivir al hundimiento del yate, habían muerto en la isla por causas naturales.

Esa fue mi excursión del final de décimo y, después de tan tremendo suceso, se me quitaron las ganas de hacer más excursiones ni en los cursos posteriores, ni en la universidad, ni con mi familia, ni nada. Desde que viví semejante experiencia, básicamente, desarrollé una intensa fobia a los viajes que sigo teniendo a día de hoy.

Habrán pasado muchísimos años del suceso. Ya estoy casado, tengo una familia, una casa y un trabajo; no obstante, todas las noches, antes de dormir, rezo para que mis compañeros estén bien allá donde estén. Llámalo Dios, llámalo energía, o como quiera que se llame. Solo deseo que estén bien y poder encontrarme con ellos cuando llegue mi hora.

Puede que ese monstruo matara a mis amigos, pero ni todo el sufrimiento que les causó a ellos podría compararse con lo que hizo conmigo. Y, para mala fortuna, su muerte fue demasiado rápida.

No os voy a engañar, a menudo tengo pesadillas con él. Cada vez que lo recuerdo, lo único que se me viene a la mente es que, allá donde esté ese bicho malo, sepa lo que es sufrir. Que sepa lo que es perder a todos tus amigos, lo que es vivir con la duda de si aquella persona que tanto amabas sentía lo mismo por ti y de muchas otras cosas malas que previamente os detallé. Ojalá, allá donde esté, le toque pagar un alto precio por todo lo que hizo a mis amigos y a mí.

FIN